Geiger Meier

Wolfgang Müller (†) gewidmet.

Holger Winkelmann-Liebert

Geiger Meier

Ein Finale furioso

Bibliografische Information der Deutschen Nationalbibliothek:
Die Deutsche Nationalbibliothek verzeichnet diese Publikation in der
Deutschen Nationalbibliografie; detaillierte bibliografische Daten sind
im Internet über
http://dnb.d-nb.de abrufbar.

© 2012 Holger Winkelmann-Liebert
Herstellung und Verlag:
BoD - Books on Demand
ISBN: 978-3-8482-5322-7

1

Der lange Gang hinter der Bühne der Konzerthalle mit seiner hohen Decke, die im gelben Licht verschwamm, war erfüllt von Lärm. Dreißig Musiker übten kurz vor dem Auftritt die schwierigsten Stellen ihrer Stimmen; durcheinander, jeder für sich, als nähmen sie die Kollegen gar nicht wahr, laut, nervtötend.

Meier stand am Ende des Ganges und betrachtete voller Zufriedenheit die Szene. Breitbeinig stand er da, die linke Hand tief in der Hosentasche vergraben, in der rechten eine Zigarette, die er nun langsam an den Mund führte, wobei der Ellenbogen als äußerster Punkt der Bewegung eine mächtige Kreisbahn beschrieb. Genüsslich und lang inhalierte Meier den Rauch, setzte die Zigarette dann mit einem kurzen Ruck ab, zog die Mundwinkel nach hinten, hielt inne und blies den Qualm in einer den ganzen Körper erfassenden Entspannung in die Luft. Blut kehrte in sein Gesicht zurück, auf den Wangen flackerte eine leichte Röte auf. Sein schmaler, grauer Blick streifte mit unverhohlener Überheblichkeit, ja, Arroganz, über die Köpfe der nach Konzentration suchenden Künstler.

Das letzte Sinfoniekonzert vor der Verrentung. Er war der Erfahrenste von allen, der ausgebuffteste Kenner der Tücken und Untiefen einer klassischen Musikdarbietung. Hunderte von Dirigenten hatte er erlebt und überlebt. Er war Leistungsträger der Ersten Geigen, eine unverzichtbare Stütze des Gesamtklanges. Von seinem fünften Pult aus, das gleich links hinter dem Konzertmeister platziert war – und darauf legte er besonderen, wenn nicht übertriebenen Wert – hatte er direkten Einfluss auf das Ergebnis der Ersten Geigen. Mit seiner enormen Erfahrung hatte er schon so manches Mal den jungen Kollegen oder, zu seinem wiederholten Ärger, Kolleg*innen* den Weg durch den Dschungel der sich mal verdichtenden, mal aufhellenden schwarzen Noten gewiesen. Interpretationshinweise hatte er mit der Spitze seines Bogens – übrigens ein wertvolles Stück französischer Provenienz aus dem 19. Jahrhundert – nach hinten gegeben, quasi als Vermittler zwischen Dirigent, zu dessen Füßen er saß, und den tumben Tuttisten oder, viel schlimmer, Tuttist*innen*, die zu einer musikalisch anspruchsvollen Interpretation von sich aus gar nicht im Stande waren und unbedingt der Leitung eines erfahrenen Wolfes bedurften.

Der Orchesterdiener, ein schlanker großer Mann, der in Haltung und Einstellung die einem Diener angemessene Würde ausstrahlte, klatschte in die Hände. Das Zeichen für den Auftritt. Meier nahm seine auf einer Kiste abgelegte Geige, prüfte kurz das Befinden dieses Holzcorpus', mit dem er eine lange innige, fast sexuelle Liebesbeziehung hatte, setzte sie ans Kinn, strich mit dem Bogen über die Saiten und drehte an den Wirbeln ihre Spannung zurecht, die Zigarette zwischen zwei Finger geklemmt. Das Klatschen des Orchesterdieners, das in einem ruhigen Andante begann, gewann mittels eines dezenten Accelerandos an Nachdruck. Herr Urfer, so hieß der Orchesterdiener, hob dabei die Hände, um neben der akustischen auch eine gewisse optische Aufmerksamkeit auf sich zu ziehen. Er erhöhte Lautstärke und Geschwindigkeit seiner Hände, um dann am Höhepunkt der Steigerung in einem Fortissimo den Rhythmus zu wechseln, indem er nun für zwei Takte Triolen klatschte. Dieser gekonnte und unerwartete Rhythmuswechsel ließ auch den letzten in Kontemplation versunkenen Musiker in die Realität der Konzerthalle und des nun beginnenden Einstiegs des Orchesters auf die Bühne zurückkommen. Herr Urfer öffnete mit seinen langen Armen die schweren Flügeltüren, die den Eingang der Bühne bildeten. Meier hielt sich ganz hinten auf. Er rauchte noch immer. Männer von Bedeutung wie er hatten Zeit, wenn sie gefordert waren. Er pflegte als einer der Letzten die Bühne zu betreten.

„Bitte schön, meine Damen und Herren! Treten Sie jetzt auf!“

Herr Urfer hob seinen Arm, um mit dieser Geste den vorne stehenden Musikern die Richtung zu weisen, in die sie nun gehen sollten. Tatsächlich sind sensible Künstler am Höhepunkt ihrer Konzentration, und ein solcher Augenblick ist der Einstieg auf die Bühne, bisweilen nicht mehr in der Lage, sich in Raum und Zeit zu orientieren. Die ästhetische Anschauung der a priori gegebenen Begriffe von Raum und Zeit verschwindet zugunsten der ästhetischen Kontemplation. Der Geist des Musikers ist in diesem Moment nur noch von Musik angefüllt, und eben nicht nur das Bewusstsein, sondern sämtliche Ebenen des menschlichen Geistes, auch die unbewussten und natürlich gegebenen. In diesem Zustand ästhetisch-kontemplativer Idiotie sind Streicher, Bläser, ja sogar Schlagzeuger auf eine Person angewiesen, die sie führt, die ihnen sagt, in welche Richtung sie nun zu gehen haben, die sie nochmals anlächelt oder mit einem freundlichen Wort aufmuntert, ja ermutigt, nun das Letzte zu geben, sich zu opfern auf dem Altar der Kunst, das Selbst sich auflösen zu lassen in dem Über-Ich kollektiven Verstehens.

Sie mussten nun leiden, die Kollegen, denn auf dem Programm stand Bruckners neunte Sinfonie. Sie mussten, sollte der Schmerz des Werkes das Publikum berühren, leiden; leiden, wie einst Bruckner litt unter Unverständnis, Missachtung und Hass. Sie mussten sich in den Zustand der Gleichzeitigkeit mit diesem vom Teufel des Zeitgeschmacks Gekreuzigten versetzen. Und dabei half ihnen Urfer, der ihnen mit gelassener Akkuratesse und tiefem Verständnis für die Not der Musiker den Weg wies.

Als die meisten Musiker schon auf der Bühne waren, empfangen vom aufbrausendem Beifall des in gespannter Erwartung harrenden Publikums, schritt Meier mit großen Schritten durch den nun fast leeren Gang, schwenkte dabei Geige und Bogen in der Linken und zog ein letztes Mal kräftig an der Zigarette, um sie dann in dem vorsorglich von Urfer bereitgestellten Aschenbecher en passent auszudrücken. Ein Blick auf den verständnisvoll lächelnden Orchesterdiener, dann eine halbe Drehung in Richtung der Tür und Meier hob fast ab, sprang beinah ein Grand Jeté, flog mit der Kraft seiner Drehung. Er blieb abrupt in der Tür stehen, orientierte sich, genoss den Anblick einer ausverkauften Konzerthalle und stürmte begeistert und spiellustig hin zu seinem fünften Pult, um das herum in jede Richtung zwei Meter Platz waren.

Diesen Platz brauchte Meier, er beanspruchte ihn, er konnte nicht ohne ihn musizieren. Seine Bedeutung, seine Aura, die Größe seines Spiels verlangten nach Raum. Er nahm Platz. Die Beine weit geöffnet lehnte er sich mit seinem ganzen Gewicht in den Stuhl, hob die Geige mit der linken Hand und setzte sie sich ans Kinn, sodass Arm und Geige wie eine Armbrust auf den Dirigenten zielten. Den rechten Arm, der den Bogen hielt, reckte er in genau die andere Richtung, indem der Ellenbogen weit in den Raum ragte, sodass die Spitze des Bogens gerade noch die Saiten erreichen konnte.

Seine Pultnachbarin, vom jahrelangen neurotischen Gedrängel ihres Mitspielers gezeichnet, zischelte eine kurze Bemerkung bezüglich ihrer Platzansprüche, die sie um der Qualität ihres Spiels willen hatte, woraufhin Meier die Geige wieder absetzte, sich langsam ihr zuwandte und sie genüsslich musterte, wobei er die Mundwinkel weit nach unten zog, die Nasenflügel kontrapunktisch dazu nach oben öffnete und die Brauen am Ende des Nasenbeins finster zusammenschob. Böse rückte sie die Noten zurecht, begnügte sich mit dem Platz, den Meier ihr zuwies, und versuchte, den Rest an Konzentration, den ihr das Ärgernis zur Rechten ließ, zu bewahren. Meier, ob des Triumphes befriedigt schnalzend, positionierte sich erneut, weitete seine Gliedmaßen um noch einen weiteren Zentimeter, spannte erneut seine Armbrust und erwartete nun den Kammerton A.

Der Konzertmeister, ein kleiner, blasser und nervöser Mensch von vielleicht fünfzig Jahren, erhob sich ruckartig und tippelte ungeduldig auf den Fußballen. Er schaute in alle Richtungen im Orchester, nickte dabei vergeblich aufmunternd mit dem Kopf, denn die schlechte Laune, die in sein Gesicht gegerbt war, vermochte niemanden aufzumuntern, bis sein Blick schließlich den ersten Oboisten fokussierte. Er tippelte noch immer von einem auf den anderen Fuß, beugte seine Schultern ein wenig vor, sodass der ganze Oberkörper sich etwas neigte, nickte nun nachdrücklicher mit dem Kopf in Richtung des Oboisten und gab dabei einen gehauchten Laut von sich, der die Schwelle zum Husten nicht erreichte, gleichwohl von zerklüfteten Landschaften in seinen Atemwegen kündete.

Überhaupt waren die Oberflächen dieses Mannes von einer ausgesprochenen Rauheit. Die Haut fleckig und zerfurcht, das Gesicht zerknautscht und eingefallen, die Haare schütter und zerzaust, die Finger nikotingelb. Man konnte sich kaum vorstellen, dass diese harte Hülle in der Lage war, die Glieder weich und sanft in den Lauf einer mozartischen Melodie einzuspinnen, als wären sie ein Teil von ihr. Seine Klasse stand außer Frage. Sowie das Instrument an seinem Hals ertönte, glättete sich die Haut, die Haare wogen glänzend

weich, die Finger erröteten erregt und die Füße breiteten ihre
ganze Sohle auf dem Boden aus, dass sie die zarten Schwünge
der Hüfte hilfreich stützten.

Stepanowitsch war die Verkörperung der russischen Gei-
genschule. Technisch brillant, das harte Äußere geformt vom
Kampf mit dem Alltag in der Sowjetunion, das Herz jedoch
weich und sentimental und voller Hingabe für die Musik,
besonders natürlich für die russische. Vielleicht war das der
Grund für seine unverkennbar schlechte Laune in diesem
Moment, da er dem Oboisten deutete, das A zu intonieren.
Bruckner, wer war schon Bruckner gegen einen
Tschaikowsky, einen Prokofieff oder gar einen Schostakowitsch, dem größten Musikgenie des 20. Jahrhunderts, der
tönenden Metapher für das leidvolle Schicksal des russischen
Volkes, bei dem er, Stepanowitsch, als junger Geiger am
Moskauer Konservatorium noch Komposition hörte. Dieser
querdenkende Österreicher, der nur gebrochene Akkorde für
die Geigen übrig hatte und die Melodien in das Blech legte,
das alles übertönte, damit auch ja keiner es überhöre oder
nicht bemerke. Typisch deutsch, kein Feingefühl, auf alles
muss mit großen Lettern hingewiesen werden, steif und kantig, keine Eleganz im Umgang. Nein, Stepanowitsch schien
kein Vergnügen an Bruckner zu haben, was ihn aber sicherlich nicht daran hindern würde, ein technisch und auch im
Ausdruck starkes Konzert abzuliefern. Das gehörte zu seiner
Professionalität und zur russischen Schule: Disziplin, Selbst-
überwindung, Ignoranz gegenüber den eigenen Empfindun-
gen. Darum saß er dort am ersten Pult als Konzertmeister —
er und nicht Meier.

Endlich hatte der Oboist sein Rohr zusammengepresst
und dem Instrument ein sauberes A von 443 Hertz entlockt.
Nacheinander richteten die Bläser und die Streicher ihre Into-
nation nach diesem A aus. Einige Sekunden, dann kehrte
Ruhe ein. Stepanowitsch setzte sich. Das Saallicht erlosch.
Ruhe. Spannung. Atmung.

Plötzlich riss Urfer die Tür auf und saugte mit ihr die Luft
von der Bühne, nur um sie umgehend zusammen mit dem
Dirigenten, dem Chefdirigenten, quasi als Echo wieder zu-
rückzuschicken. Die Luftwelle trug den Maestro, kaum musste er selbst gehen, ans heilige Pult, auf dem die Partitur mit

ihrer süchtigen Chromatik schon danach sehnte zu erklingen. Applaus brauste auf und stoppte als Gegenwelle den Dirigenten gerade noch rechtzeitig an der Bühnenkante. Er verbeugte sich tief, drehte sich bedächtig um und hob mit einer unbedingte Aufmerksamkeit verlangenden Attitüde den Stock.

Meier versank im Klang. Glücklich berauscht von der Ewigkeit der Musik, die seine Gefühle transzendierte, die seine äußeren Grenzen aufhob und ihn wachsen ließ in den Himmel, die ihn vereinte und heim brachte zu allen Ursprüngen, zur toten Mutter, zum weinenden Jungen im brennenden Hamburg, zum Weihnachtsfest 1943, als der Vater nicht mehr kam und der alte Mann von nebenan, der alle Erben verloren hatte, eine herrenlos gewordene Geige brachte.

Berauscht und ergriffen spielte Meier wie ein entfesselter Zaubergeiger. Seine Finger glitten wie von selbst über das Griffbrett durch die Lagen, der Bogen entlockte den Saiten satte, feste Töne, die dem Zeitmaß des Taktstockes exakt folgten, jede Eins ein Treffer, jeder Einsatz gelungen. Sein letztes Konzert? Nein, er würde weiterspielen! Auf ihn konnte das Landesorchester, dem er seit 1959 angehörte, nicht verzichten. Und er wollte spielen, bis zum Ende, bis der Körper aufgab. Was sollte er auch sonst tun? Das Orchester war sein Leben. Hier lebte er, hier war er wer. Als Rentner könnte er sich die Konzerte aussuchen. Er stellte sich vor, wie sie ihn bitten würden, wie sie ihn anflehen würden, einzuspringen in diesem wichtigen Konzert für den erkrankten Kollegen. Und er würde sie zappeln lassen, würde sich zieren, sich anstellen, ja fordern. Denn er wusste, sie konnten nicht ohne ihn.

Er hatte sich schon einen neuen Frack für die nächste Saison bestellt, einen feinen maßgeschneiderten Frack, der seiner Würde und seinem Status den angemessenen Ausdruck verleihen würde. Sauber, geschniegelt, mit den ebenfalls neu bestellten Lackschuhen an den Füßen würde er so manchen überstrahlen, der meinte, es käme auf ihn an. Nein. Meier war die entscheidende Figur in der Gruppe der Ersten Geigen. Er war der Hilfskonzertmeister, der Leistungsträger, die Stütze.

So sah er sich und so spielte er jetzt den Bruckner. Selbstbewusst interpretierte er die schwierige Partie, wusste, welche Phrasierungen funktionierten, welche Dynamik passte, denn er kannte das Stück auswendig. Es war ein Teil von ihm.

Niemand konnte ihm sagen, wie man was zu spielen habe. Das wäre ja so, als wollte ihm jemand sagen, wie er zu atmen habe oder zu essen! Das Werk war sein Körper, hier war der Herr nur er.

Sie waren im Trio der Sinfonie angelangt. Die Spannung vor dem Fortissimo-Ausbruch des Orchesters spannte Meiers Bauch, die Holzbläserläufe krochen seinen Magen hoch, eine Kugel formte sich in seinem Bauch, die zerplatzen musste. Die Haare auf seinem Rücken sträubten sich hinauf bis zu den Schultern, was zur Folge hatte, dass der Arm, der die Geige hielt, aus dem Gelenk herauswuchs, die Finger füllten sich mit purer Energie. Noch wenige Takte, Meier zählte gelassen, doch hellwach. Dann der Ausbruch, tatata-ta-ta-ta hämmerte die Pauke in die Ohren unisono mit den Streichern. Meier zerbarst bald, der stumpfe Rhythmus war vollkommener Ausdruck seines Willens und seiner Wut, denn Wut war der ständige Begleiter im Schatten all seiner positiven Gefühle. Und so hatte sein Wille, mit der Rente die Geige nicht abzulegen, auch die dunkle Seite des Hasses auf all jene, die ihm unwürdig schienen: der Dirigent, weil er schlicht ein Maß an Musikalität besaß, das für Meier unerreichbar war; Stepanowitsch, weil er auf jenem Platz saß, den Meier fünfzehn Jahre innehatte und den er nur wegen dieser unglücklichen Geschichte aufgeben musste, als man ihm vorhielt, er würde zu viel trinken – dabei hatte er sich immer vollkommen im Griff – und weil dieser Stepanowitsch auch noch besser Geige spielte als er; der Intendant, weil er ein Pfennigfuchser war und so manche lieb gewonnene Zulage strich; seine Pultnachbarin, Fräulein Picht, weil sie eine Frau war und sich anmaßte, eigene Ansprüche zu haben.

Doch diese Wut schlummerte im Augenblick lediglich im Zustand der Möglichkeit tief im Innern seiner Seele. Denn im Moment, da das Trio abgeschlossen war und nun der grandiose Finalsatz mit seiner düsteren Eingangsmelodie anhob, fühlte sich Meier prächtig. Niemand konnte ihn aufregen, seine Widersacher hatte er mittels seines Hochgefühls in die Schranken verwiesen, er beherrschte sie und seine Wut. Und doch, ein leiser Widerspruch regte sich in seinen Gedanken, und je tiefer er in die Schwüle der Musik versank, je mehr die Innerlichkeit ihn ergriff, desto lauter wurde dieser Gedanke.

Wäre es nicht angenehm, den Ruhestand zu genießen, keine Verpflichtungen haben zu müssen, sich nicht der Anspannung einer Aufführung auszusetzen, in den Tag hineinzuleben und das Leben zu genießen, wie es eben gerade so kommt? Die Geige Geige sein zu lassen und Musik nur zu hören, wenn die Lust dazu da ist? Meier schüttelte sich. Was bin ich dann? Ein Müßiggänger, ein Tunichtgut, ein Tagträumer, ein Rentner ohne Lebenssinn, bloße Existenz, ein Haufen belebten Fleisches, das durch den Stadtpark wandelt und über Hunde und Kinder schimpft. Alles aufgeben? Niemals! *Hier* ist mein Platz. Das Orchester, Bruckner, das Publikum braucht *mich*!

Mit diesem Gedanken hatte die Sinfonie ihren Höhepunkt erreicht. Das Werk war vollendet. Sekunden Stille, dann tosender Applaus. Meier saß zufrieden und selbstbewusst da, nahm die Brille von der Nase und legte sie in das Etui auf der Ablage. Der Dirigent trat mehrmals auf und ab und lächelte erlöst in das Rund der Musiker, bevor er sich vor dem Bravo rufenden Publikum tief verneigte.

Als Meier im Stimmzimmer sein Instrument behutsam in den Koffer legen wollte, passierte ihn Fräulein Picht:

„Das war's dann ja wohl. Einen schönen Ruhestand wünsche ich."

Noch ehe er etwas erwidern konnte, war sie entschwunden. Wie kann sie es wagen! Sie wusste doch, dass er weiterspielen würde, sie wusste, dass er schon für die nächste Saison plante. Ein Affront, diese Bemerkung. Meier baute sich auf, schob sein Becken nach vorn und fluchte, wobei er mit den Armen fuchtelte:

„Was fällt Ihnen ein, Sie unverschämte Person!"

Das Fräulein Picht konnte ihn freilich nicht mehr hören, denn sie war schon um die Ecke gebogen und auf dem Weg zum Damen-Stimmzimmer. Das künstlerische Hochgefühl, das ihn eben noch in Selbstsicherheit wog, war dahin. Die Wut war aktiviert. Mit finsterem Blick schaute er dem Fräulein nach, dann drehte er sich um und sah in die Gesichter der umherstehenden Herren Kollegen, die damit beschäftigt waren, ihre Instrumente zu verstauen oder sich umzuziehen. Betretenes Schweigen kam ihm entgegen, niemand suchte seinen Blick, im Gegenteil, alle Augen wandten sich zum Boden, wenn Meier versuchte sie zu fangen.

„Memmen!", dachte Meier, der kein Verständnis für die nach dem Krieg geborenen Männer und die Aufgabe ihrer Position hatte, der Position über dem Weibe nämlich. Diese Gleichberechtigung, dieser Feminismus widerte ihn an. Die 60er Jahre waren für ihn eine Katastrophe, eine maoistische Kulturrevolution, die Tradition, Sitte und Anstand zerstört hatte. Das Ergebnis war ein Viertel Musikerinnen im Orchester. Die Harmonie war verloren, die Unruhe, der Neid, die Hinterfotzigkeit hielten Einzug in die heiligen Hallen der Musik, jener Musik, die doch nur Männer beherrschen konnten, nur Männer nachfühlen konnten, schließlich konnten auch nur Männer komponieren. Bach, Mozart, Beethoven, Brahms, Bruckner, Wagner, Mahler: Welche Frau hat je verstanden, Töne solch sinniger Größe zu setzten wie sie, die Götter? Und die Männer, zumal die Musiker, fügten sich in ihr Schicksal und gaben sich auf, sie ließen die Frauen hinein in den Tempel und fielen gleich den Asen, die den Himmel der Jungfrau Maria öffneten. Gott war nur noch ein Muttersöhnchen, ein Baby, das sich labte an der übervollen Brust und als Mann verlor in der Männerwelt und gekreuzigt wurde, geschändet und gedemütigt, ein Verlierer, ein Schwächling. Die Männer wurden zu Laffen, ihre Musik gewordenen Phantasien von Heldentum, Ehre, Welterkenntnis, Katharsis verwandelten sich in Puschenkino, Schlafanzüge und Sesselfurzerei. Die Frauen hatten mit ihrem gnadenlosen Pragmatismus männliche spekulative Gedankenflüge erledigt. Was Faust noch umtrieb, opferten die Männer von heute der Gleichberechtigung, es wurde ihnen egal. Die Töne – denn Musik war es nun nicht mehr – die Töne, die manch junger Kollege so fabrizierte, waren so uninspiriert wie ein Häkelkissen oder ein Klöppelkurs im Frühstücksfernsehen.

Meier rümpfte die Nase und zog ihren Inhalt deutlich vernehmbar nach oben. „Memmen!", dachte er erneut, während er seine Geige in das Seidentuch einschlug, den Bogen in die Halterung auf der Innenseite des Deckels steckte und den Kasten schloss.

Plötzlich stand sein Freund und Kollege Kuhn neben ihm:
„Kommst du mit auf ein Bier?"

Dunkel brummend willigte Meier ein, und gemeinsam verließen sie die ehrwürdige Konzerthalle durch den ob seiner pflegerischen Vernachlässigung unwürdigen Künstlereingang in Richtung Neustadt.

Meier kannte Kuhn seit 1954. Damals verdienten sich beide ihr Studium in Tanzlokalen im Umfeld der Reeperbahn, in denen das Operettenrepertoire von vorn nach hinten und von oben nach unten durchgespielt wurde. So lange, bis beide nicht mehr bis drei zählen konnten. Kuhn war bereits pensioniert. Er war Tuttist im Staatsorchester gewesen und spielte nun als Aushilfsgeiger im Landesorchester. Er war schlank und groß, die tiefliegenden kleinen Augen blinzelten freundlich unter dem getönten Haar. Seine dünnen Glieder bewegten sich elegant, wie er überhaupt eine vornehme Akkuratesse ausstrahlte. Das lag sicherlich an seiner Abstammung aus einer alten lübschen Kaufmannsfamilie. Als der jüngste von vier Brüdern war er der einzige, der nicht Kaufmann wurde, sondern eine musische Ausbildung erhielt. Kuhn war ein ruhiger Mensch, der nicht viel redete, und genau das schätzte Meier an ihm. Er hörte ihm zu und ließ ihn erzählen, er stellte keine Ansprüche und erteilte keine gutgemeinten Ratschläge; gemeinsam pflegten sie den Rauch ihrer Zigaretten zu inhalieren und sich einig zu sein in ihrem Genuss.

Meier und Kuhn kehrten ein in eines der vielen Lokale am Großneumarkt unterhalb des Hamburger Michels. Es war eine laue Juninacht und sie setzten sich draußen im Biergarten unter eine weit ausholende Ulme. Nachdem der kühle Gerstensaft serviert war, – Meier trank nur alkoholfreies Bier – prosteten sie sich zu und netzten die trockenen Kehlen.

Meier, innerlich noch immer aufgewühlt von der Szene im Stimmzimmer, erzählte:

„Dieses Fräulein Picht hat mich heute wieder auf die Palme gebracht. Sie wünschte mir einen schönen Ruhestand, obwohl sie doch genau weiß, dass ich weiterspielen werde. Und das in einem so gehässigen Ton. Unmöglich, diese Person!“

Kuhn saß mit übereinander geschlagenen Beinen weit zurückgelehnt da und saugte am Filter.

„Mmh“, brummte er.

„Die werden sich noch wundern, wie die Gruppe klingt, wenn ich nicht mehr dabei bin. Dann werden sie betteln, dass ich doch ja wieder mitspiele. Die brauchen routinierte Leute."

Kuhn ruckelte auf dem Stuhl: „Meinst du nicht, es könnte auch ganz nett sein, nicht mehr ständig da hin zu müssen?"

„Wieso das denn? Das Orchester ist mein Leben, das weißt du doch."

„Na ja, schon, aber diese Anstrengung, dieser ewige Streit mit dieser Frau, da kann man doch auch drauf verzichten, oder nicht?"

„Du fiedelst doch auch noch bei uns rum und kannst es nicht lassen! Fängst du jetzt auch noch an, mir zu erzählen, dass ich aufhören soll? Solche Ratschläge kann ich nicht gebrauchen. Ich weiß schon, was gut für mich ist, und das ist Musik und sonst gar nichts."

Kuhn nahm einen Schluck und beugte sich etwas vor:

„Es könnte doch sein, dass dich da einige nicht mehr haben wollen, ich meine rein hypothetisch. Und da hast du nachher doch nur Ärger, wenn du dich aufdrängst. Das ahnst du doch auch, oder? Ich meine, du musst sehen, dass ein neuer Lebensabschnitt beginnt, das war bei mir auch so. Ich lege die Geige oft genug beiseite und gucke tagelang keine Note an. Sicher, ab und zu spiele ich bei euch, aber doch nicht ständig. Ich bin Rentner und das ist schön. Ich kann machen, was ich will, habe mein Auskommen und bin zufrieden, solange ich rauchen kann. Sieh's doch mal positiv, das Leben wird leichter. Ist doch alles nicht so wichtig, der Firlefanz da."

Meier schaute Kuhn entgeistert an. Solche Worte von seinem einzigen Freund. Es kam ihm vor, als kennte er ihn gar nicht. Und doch kannte er diese Sätze, denn eine Stimme in ihm, die vernehmbar wurde, sobald Meier in einen Zustand des Dämmerns, der Entspannung, des Abgleitens der Gedanken kam, sprach ebensolche Sätze. Und es kam ihm vor, als ob eine sehr vertraute Frau aus den Fernen der Zeit hinter einem Schleier diese Sätze sprach. Meier verspürte die kühle Berührung eines frisch gewaschenen Leinenbezugs auf seiner Wange, er hörte leisen Atem und sah den fliegenden Staub im gebrochenen Sonnenlicht. Eine Hand legte sich auf seine

Stirn und seine Muskeln lösten ihre Spannung, bis zuletzt die Lider fielen. Er fiel und fiel in den Schoß.

Doch plötzlich ein Druck im Unterleib und von dort ausgehend kehrte die Spannung in den Körper zurück, breitete sich in Wellen aus und ließ ihn aus dem Stuhl hochfahren: „Blödsinn!" schrie es in seinem Kopf, seine Augen öffneten sich weit, er wurde des Augenblickes ganz gewahr, plötzlich war er hellwach. Seine Mundwinkel verzogen sich nach unten, die Nasenflügel hoben sich gemächlich, unter seinem rechten Auge blitzte eine hektische Röte auf, die eine Falte, fast schon einen Riss, in die Haut grub. Er fixierte seinen Freund und wusste glasklar, dass solche Reden seine Sache nicht waren. Er griff mit der Linken zum Boden, wo sein Geigenkoffer stand, umklammerte den Griff und sagte:

„Du machst, was du für richtig hältst, ich mache, was ich für richtig halte."

Damit war für Meier die Diskussion beendet und auch Kuhn hatte kein Interesse mehr, zu diesem Thema noch etwas zu sagen. Er lehnte sich wieder zurück, steckte sich erneut eine Zigarette an und fragte:

„Noch ein Bier?"

Eine Zeit lang bliesen die beiden Herren noch schweigend Qualm in die Nacht, ehe sie das Lokal verließen. Meier ging zu Fuß nach Haus. Er wohnte in Winterhude am Schinkelplatz. Ein Weg von einer halben Stunde an der Alster entlang, einer der schönsten Wege Hamburgs, besonders im Juni, in dem die Dämmerung bis weit in die Nacht dauerte und es um zwölf noch nicht wirklich dunkel war. Der Lärm des Verkehrs rückte in den Hintergrund, dafür drängte sich das Gurgeln des Alstersees nach vorn.

Gegenüber der Musikhochschule erreichte Meier einen besonders schönen Aussichtspunkt. Am anderen Ufer konnte man die türkisfarbene Kuppel der iranischen Moschee erkennen, weiter rechts die Hamburger Innenstadt mit dem Hotel Atlantic und all den anderen Bauten. Kühl und mild war die Luft hier an diesem See, der ein Fluss war.

Meier streckte seine spitze Nase über die Brüstung und schnupperte. Ein Haubentaucher rief und lenkte die Aufmerksamkeit Meiers auf die Bewegung im Wasser. Eine Polizeisirene tönte mezzopiano von der Sechslingspforte herüber.

Das blaue Blinklicht brach ein Echo in die fliehenden Wellenringe. Surrend näherte sich ein Fahrrad und passierte die Szene, woraufhin ein Blesshuhn im Schilf schimpfte, im Schilf, das gleich danach der Wind zum Rauschen strich und wog.

Meier sah nach oben in den blassen Himmel. Ein paar kräftige Sterne schafften es, das Licht der Stadt zu überstrahlen und ihr Glimmen durch die Zeit auf Meiers faltige Stirn zu legen. Es kam ihm vor, als liefe Gedankensekret durch die lange Falte, die seine Stirn von oben nach unten durchfurchte. Ein dicker klebriger Tropfen voller kreisender Elektronen und Positronen, die sich abstießen und verbanden und wieder trennten und neu mischten. Sein Nacken wurde kurz, die Schultern schoben sich nach oben, er schluckte schwer. Der linke Arm, in dem er seinen Geigenkoffer hielt, verkrampfte sich. Hastig kramte er mit der anderen Hand eine Zigarette aus der Tasche, steckte sie sich in den Mund und sah wieder hinauf in den Himmel. Ein Flugzeug flog blinkend vorüber. Er hielt inne, das Feuerzeug umklammernd. Seine Augen verfolgten das Flugzeug, bis es am Horizont verschwand.

Was hatte Kuhn gesagt, er würde nicht mehr gewollt? Unvorstellbar! Das Orchester, seine Familie, er gehörte doch dazu. Er war Teil einer verschworenen Gemeinschaft, verschworen zu klingen und die Herzen der da draußen, der Zuhörer, zu bewegen, zu fesseln, hinzureißen. Bei allem Streit, bei allen Marotten – und jeder von ihnen hatte irgendeine Marotte, einen Faible, einen Spleen – sie waren das Orchester, waren eins, ein Klangkörper, ein Körper. Einig und ganz ging dieser Körper über die Bühnen Norddeutschlands, trat geschlossen den Ruderern entgegen, die sich für inspirierte Dirigenten hielten und doch nur Ruderbewegungen mit den Armen zustandebrachten, wo künstlerischer Ausdruck und technische Präzision gefragt waren. Einig und geschlossen wie ein Mann brachten sie die großen Werke europäischer Musiktradition in den Zustand des Seins, der entsteht, wenn die tote Partitur erklingt.

Ja, dieser Körper war die Voraussetzung für das Sein dieser Werke; ohne sie, die Musiker, nein ohne ihn, den Klangkörper, war Bach nichts, war Mozart nichts, war Beethoven nichts. Die Kollegen und er waren als Einheit nicht Interpreten, sie waren das Kunstwerk, das ohne ihr Mühen nicht war. Nicht die Partitur war das Kunstwerk, nicht einmal die Ideen des Komponisten waren das Kunstwerk. Das alles konnte sein, ohne dass es irgendjemand wahrnahm, ohne dass es irgendeine Spur in der Zeit hinterließ. Nein, sie, die Musiker, der Klangkörper waren das Kunstwerk, denn erst durch sie trat das Werk vom Zustand der Potentialität über in den Zustand der Aktualität und wurde erst wirklich, denn was potentiell ist, hat kein Sein.

Und Meier war ein Organ dieses Körpers. Er hatte seine schnöde materielle Existenz diesem Körper hingegeben und war verschmolzen mit ihm. Sein Leben war der Musik geopfert. Außerhalb dieses übergeordneten Körpers hatte er keine Existenz. Er hatte kein Privatleben, keine Frau, keine Kinder, keine Freunde, keine Kontakte. Auch Meiers Existenz war nur potentiell. Erst auf der Bühne im Augenblick der Aktualisierung des Werkes gewann er wirkliches Sein. Und so fristete er seine dienstfreien Zeiten allein in seiner Wohnung, in der er schon als Kind lebte, in der seine Mutter gestorben war, in der er Weihnachten 1943 eine Geige von einem traurigen Mann aus der Nachbarschaft bekam, die von ihm Besitz ergriffen hatte. Denn wann immer er diese Geige fürderhin an sein Kinn setzte, vergaß er den Vater, der ihn erst schlug und dann in den Krieg ging, um nicht wiederzukommen, vergaß er die Mutter, die ihn an ihre geschwellte Brust drückte, sodass er zu ersticken drohte, vergaß er das Loch, in dem er angstgeschüttelt saß, als dröhnend Bomber die Stadt in Feuer legten, vergaß er die schwarzen Leichen, die vermummte Gestalten auf Karren einsammelten, er vergaß das Leid, die Angst, die Einsamkeit, er vergaß die Wirklichkeit. Und in dem musizierendem Kinde entstand eine bessere Welt. Und in dieser Welt gab es eine Gemeinschaft, die sich dem Klang verschrieben hatte. Helden der Darbietung, Götter der Hinreißung, Herren der Gefühle der süchtigen Massen.

Meier senkte den Kopf. Er nahm seine Hand wahr, in der er noch immer das Feuerzeug umklammert hielt, und steckte sich die Zigarette an. Er schaute auf das Wasser, auf dem ein Schwan still vorüber zog. Mit dem ersten Zug entspannte sich die Bauchmuskulatur. Sein Haupt sank weiter.

Aufhören. Ruhestand. Die Wörter hallten von irgendwo her durch die Nacht. Er sah sich um. Welcher hohle Geist flüsterte diese Unwörter? Welche schwarze Maske schlich einem Pudel gleich durch das Gebüsch und bellte diese verhassten Wörter? Welcher untote Schatten aus Meiers Genese vor der Verpuppung, als er noch nackt einer Made gleich an milchigen Näpfen hing, spottete seiner Schwäche? Zorn zeichnete Risse in sein Gesicht

„Komm raus, du Schwächling", schrie er in den leeren Park. Eine Amsel schimpfte. Leer ging sein Blick durch das Dunkel, bis er erneut im Wasser versank. Doch plötzlich öffneten sich im Wasser zwei Lippen und flüsterten:

„Lass ab! Kehr heim! Deine Aufgabe ist erfüllt. Finde dich selbst. Finde dein Sein. Du musst nicht mehr spielen. Du sollst nicht mehr spielen. Tand ist die Kunst von Menschenhand. Talmi ihr Schillern im Menschenherz. Lass ab! Kehre heim."

Meiers Hoden wurden schwer. Sein Kopf sank tief zwischen die Schultern. Ein Buckel bildete sich auf seinem Rücken. Der Boden wurde weich, und es kam ihm vor, als strampelte er hilflos wie ein auf den Rücken gefallener Käfer mit den Extremitäten in der Luft. Er schluckte schwer und eine Blase Traurigkeit stieg aus den Tiefen seines Bauchs auf. Er schmolz in das sprechende Wasser. Die Hand, die den Geigenkasten hielt, erschlaffte. Der Kasten fiel herab. Der Aufschlag weckte ihn auf.

Oh, Gott, die Geige! Eilig hob er den kostbaren Kasten auf, wobei ihn seine Kleider wehend umkreisten. Er drückte sie an seine Brust. Hastig und flach atmend starrte er mit entsetzten Augen in die Nacht. Mein Instrument, dachte er, mein geliebtes Instrument. Wie ich dich brauche, wie sehr ich dich brauche. Wie sollte er diesen Teil seines Seins, dieses Mittel seines Seins je ablegen?

Er dachte an die Worte Kuhns, der andeutete, dass es Kollegen gab, die gegen eine weitere Tätigkeit Meiers im Orchester opponierten. Sollte er dem Kampf ausweichen, dem Kampf um die Fortsetzung seiner Bestimmung, an die er so fest glaubte? Der Ärger, den er schon immer hatte mit diesen Kolleginnen, die seine Führungskraft nicht akzeptierten, er würde weitergehen, und natürlich würde er Nerven lassen in diesem täglichen Kleinklein um Sitzpositionen und Phrasierungen. Doch Meier war kein Mensch, der weiche Kontakte brauchte. Einem Streit ging er nicht aus dem Weg, und seine bisweilen fast proletenhafte verbale Ausdruckskraft verhalf ihm immer wieder zu vermeintlichen Siegen in diesem täglichen Kleinklein. Eine gezielte derb vorgetragene Unflätigkeit hatte schon so manchem die Lust am Diskutieren genommen. Das Thema war durch, und Meier tat, was er wollte.

Was also sollte er fürchten? Es ging ihm nie um die anderen als Personen, nur als Teil des Körpers interessierten sie ihn. Und er selbst fühlte sich unverwundbar in dieser Welt, die er geschaffen, die seine, einzig seine war.

Doch er täuschte sich. Ein großes Blatt lag auf seinem Rücken, als er sich fiedelnd im Drachenblut badete. Nicht die Teile bestimmen den Körper, sondern der Körper bestimmt die Teile. Bei aller Hingabe und Widmung befand er sich doch – und fast schien es, als sei er sich dieser Tatsache gar nicht bewusst – in einem profanen Arbeitsverhältnis. Es stand nicht in seiner Macht zu bestimmen, ob er im Landesorchester Nordmark e.V. als Rentner würde weiterhin Beschäftigung finden. Dies zu entscheiden oblag einer ihm verhassten Krämerseele, die nicht auch nur den geringsten Schimmer davon hatte, was es bedeutete, als lebende Verwirklichung der höchsten Tradition des Abendlandes, der Kunst, seine ansonsten nichtige Existenz zu erleiden: dem Intendanten.

Da Taktik im Umgang mit anderen Menschen Meier unbekannt war, es vielmehr seine Art war, spontan und meist negativ auf sich ihm stellende Hindernisse – und kaum etwas anderes waren die meisten Personen, die an seiner Schale kratzten – zu reagieren, hatte Meier gegenüber dem Intendanten keinerlei Anstalten gemacht, seinen Anspruch auf Weiterbeschäftigung schmackhaft zu machen. Einzig die bloße Absicht, nein Forderung, hatte er vorgetragen. Ihm schien die Sache eingedenk der eingebildeten Wichtigkeit seiner geigerischen Qualitäten von vornherein klar. Meier konnte nicht denken, dass er nicht gewollt würde, er konnte sich nicht vorstellen, dass andere in seinen Willen so weit eingreifen könnten, dass sein Wille nicht geschehe.

Er versuchte, die neue Situation, die durch seine Verrentung entstand, gedanklich zu erfassen und für sich positiv zu wenden. Es gelang ihm nicht. Aufhören war und blieb für ihn eine Niederlage, der totale Verlust, der Entzug des Lebenselixiers. Gefangen in der Welt, die entstand, als er die ersten kratzenden Töne den Saiten entriss, war er nicht in der Lage, sich außerhalb dieser Welt zu denken. Der Weg in die Wirklichkeit war Meier versperrt. Allein ein dumpfes Echo alter Reflexe aus den unbewussten Tiefen seiner kindlichen Seele hallte bisweilen durch den Kern der versteinerten Nuss, die sein abweisender, aber schützender Mantel war. Er hatte die Wirklichkeit der Angst ausgesperrt und gegen ihr erneutes Eindringen eine Schale gebildet.

Es war Nacht. Meier nahm den Geigenkoffer wieder in die linke Hand, schüttelte kurz seine Schultern, um die Kleider zu ordnen, reckte seine Nase in Richtung Norden, welches die Richtung war, in die er nun zu gehen gedachte, und ging den Weg an der Alster weiter. Das Echo war verstummt. Er sah die Welt nun wieder klar und scharf umrissen. Keine Geister verbargen sich mehr im Dunkel; es gibt doch keine Geister mitten in Hamburg, nein hier gibt es nur Tatsachen und diese bestimmen das Handeln. Er sah in den Himmel, wo ein naher Stern wacker strahlte.

Tatsache war, dass die Geige an sein Kinn gehörte, Tatsache, dass seine heiligste Aufgabe die Musikkunst war. Tatsache, dass es für ihn keine andere Möglichkeit der Existenz gab. Er sah nun klar: er würde in den Kampf ziehen, sollte es auch irgendeinen Verirrten geben, der irgendetwas gegen ihn hatte. Er ließ sich seine Welt nicht nehmen, nicht einfach so, nicht kampflos.

Er war wahrlich eine harte Nuss, und das wusste er, und diesen Panzer gedachte er auch zu benutzen. Tapferen Schrittes ging er zügig nach Hause. Über die Brücke Fernsicht, durch den Poelchaukamp, an dem aus späten Cafes Musik und Stimmengewirr tönte, schließlich den Mühlenkamp kreuzend, vorbei an den letzten kleinen Handwerksbetrieben, gelangte er endlich zum Schinkelplatz. Er erklomm die zwei Etagen zu seiner Wohnung, wobei ihm die grandiose Arie des persischen Prinzen aus Turandot ins Ohr schlich. Und während er die Tür hinter sich schloss, sang er leise:

„Vincero! Vincero!"

2

Stepanowitsch saß am Frühstückstisch und tunkte ein Croissant in den lauwarmen Milchkaffee. Er las in der Zeitung, die ausgebreitet auf dem Tisch lag. Er las die Kritik des Konzertes am gestrigen Sonntag. Zufrieden schnalzte er mit der Zunge und zog seine Nase hoch, als er von einer „gelungenen Interpretation" und von „satten Streicherklängen" las. Von „tiefgründiger Deutung des komplexen Werkes" und vom „hohen Niveau der künstlerischen Interpretation" war da die Rede, und Stepanowitsch wusste, dass sein Anteil an dieser gelungenen Aufführung – denn schließlich war er der Konzertmeister, der Erste unter den Ersten Geigen, Primus inter Pares – ein gewaltiger war.

Mit seiner technischen Vollkommenheit und seiner professionellen Kaltschnäuzigkeit hatte er die ihm nachgestellten Tuttisten auf den rechten Pfad geführt, jenen Pfad, den der Dirigent ihnen vorgab und den in seiner Vollständigkeit zu verstehen nur er in der Lage war, er, Stepanowitsch, der Geiger, der noch bei Schostakowitsch Komposition gehört hatte, damals als die Welt noch in Ordnung war, Russland sein Reich und seine Musiker noch hatte und auf den Fluren Moskauer Konservatorien gelacht wurde über die dekadente Musik des Westens – Zwölftontechnik, serielle Musik, Aleatorik, konkrete Musik, et cetera pp. Jawohl, gelacht haben sie über die dekadenten Fehlentwicklungen der Kunst Musik im zwanzigsten Jahrhundert, denn was Musik zur Musik macht, ist das Gefühl, das sie transportiert und nichts anderes! Die Vorstellung, man könne mittels der Musik abstrakte Gedanken, gar ganze Philosophien und Weltanschauungen dem Hörer vermitteln, ist absurd, völlig abwegig.

Bei aller Gewöhnung an den Luxus, die Bequemlichkeiten und den Lebensstil des Kapitalismus war Stepanowitsch in seiner seltsamen, weil harten und ignoranten Gefühlsduselei Bolschewik geblieben. Jene Gefühlsmischung aus Selbstmitleid und Selbstbeweihräucherung, die nicht unwesentlich die Ideologie der Sowjetunion trug, war aus diesem Geiger nicht mehr herauszubekommen. Jener Dusel, der unter der Einwirkung von zu viel Wodka leicht durch bitteres Weinen sich offenbarte, hob auch sein Gefühl für die Musik in expressionistische Höhen. Denn was Musik anspricht und sie trägt, ist das Gefühl, und alles, was Musik mitteilen möchte, kann sie nur mitteilen, indem sie ein Gefühl auslöst, ein Gefühl, das alle Menschen kennen und das somit wahr ist.

Und ist das Leben nicht eigentlich zu reduzieren auf fünf, sechs große Gefühle, die in ihrer Größe alles umfassen, alle Wahrheiten des Lebens, selbst die abstraktesten? Wie irrsinnig der Versuch, mittels einer bestimmten Kompositionstechnik eine abstrakte, textlich schon kaum zu verstehende Aussage zu transportieren! Und das Gefühl für Musik, den rechten Weltschmerz, den man braucht, um die Musik zum Schwingen zu bringen, den hatten nur sie, die Russen und, das musste Stepanowitsch zugeben, die Deutschen und, mit Abstrichen weil zum Kitsch neigend, die Italiener.

Diese seine, wie Stepanowitsch fand, ganz natürliche Gabe, klassische Musik zum Leben erwecken zu können, war das Fundament der gelungenen Darbietung vom Sonntag. Dieses sein Gefühl riss die hintansitzenden Geiger mit und hoch auf künstlerische Höhenflüge. Bis auf einen.

Meier. Dieser eingebildete Selbstdarsteller.

Stepanowitsch schlich die Zornesröte ins Gesicht bei dem Gedanken an die Darbietung des Kollegen Meier. Er folgte überhaupt nicht den Vorgaben Stepanowitsch', er passte sich in keiner Weise dem Gruppenklang an, er spielte, was er wollte, als gäbe es die Gruppe, ja das ganze Orchester nicht. Dieser Mann war ein Klotz am Bein der Ersten Geigen.

Er war froh, dass Meier nun in Rente ging und ein neuer junger Geiger seinen Platz einnehmen würde. Allerdings hatte er gehört, dass Meier auch weiterhin als Aushilfe spielen wollte. Das kam für ihn überhaupt nicht in Frage, das war für ihn ausgeschlossen. Und heute in der Probenpause war er mit seiner Gruppe der Ersten Geigen zu einem Gespräch verabredet, wo genau dieses Thema angesprochen werden sollte. Er konnte sich nicht vorstellen, dass irgendjemand für Meier Partei ergreifen würde, doch er wusste auch, dass es sie noch gab, die Alten, die kaum noch etwas hören und einfach nur ein bekanntes Gesicht in der Nähe behalten wollten.

Stepanowitsch' halbstarker Sohn kam in diesem Moment in die Küche. Er sah bleich aus und roch nach Alkohol und Tabak. Er öffnete den Kühlschrank, holte die Milch heraus, goss sich einen großen Schluck in einen Becher, der gerade dort stand, und trank ihn in einem Zug aus.

„Du hast wohl einen Brand", sagte der Vater, „wohl zuviel gesoffen gestern?"

Der Sohn schwieg und schenkte sich noch einen Becher ein.

„Und was macht die Schule? Heute ist doch Dienstag, oder? Hat man da keine Schule?"

Stepanowitsch' Ton wurde schärfer, seine Augen wurden kleiner und sein Gesicht vollends rot, als er ein Rülpsen als Antwort bekam.

„Übertreib es nicht, mein Junge, noch nimmst du mein Geld gern!"

Der Sohn räumte das Feld, jedoch nicht ohne in der Tür ein genuscheltes ‚Arschloch' herauszudrücken. Stepanowitsch hatte allerdings keine Zeit mehr zu reagieren, der Junge war schon weg.

Ein Blick zur Uhr, es wurde Zeit für ihn zu gehen.

Ungeduldig tippte Stepanowitsch mit der Spitze seiner dunkelbraunen Wildleder-Mokassins im Quergang hinter der Bühne der Konzerthalle auf den Boden. Geige und Bogen hielt er in der linken Hand. Die Rechte vergrub er in der Hosentasche. Er reckte seine Brust nach oben, wodurch sein froschartiges Doppelkinn zur vollen Geltung kam. Sein Gesicht drückte erheblichen Missmut aus. Die Mundwinkel zeigten senkrecht nach unten, die Farbe seines Gesichtes war so ungesund wie die russischen Zigaretten Marke Prawda, die er in selbstmörderischen Mengen zu sich nahm. Er hustete kurz, hielt sich die freie Hand vor den Mund, ging zwei Meter zum nächsten Ascheimer und spuckte hinein. Dann zog er die Nase geräuschvoll hoch und nörgelte:

„Wo bleiben die denn? Was ist denn das für ein lahmer Haufen!"

Die beiden ersten aus der Gruppe der Ersten Geigen, die sich zu ihm gesellten, waren Ionescu, der Rumäne, und Fetras, der Ungar.

Fetras lachte laut, sein rundes Gesicht strahlte. Er konnte sein kindlich-sonniges Gemüt nie verbergen. Mit seiner ungebremsten Spiellust und seinem an die Gemütlichkeit der Donaumonarchie erinnernden Akzent – er betonte immer die erste Silbe eines Wortes – hätte er eher in ein schummriges Restaurant in Budapest gepasst. Auch jetzt setzte er seine Geige ans Kinn und spielte die ersten Töne einer Zigeuner-Melodie mit einem für die Musik des Balkans typischen, in der klassischen Schule jedoch verpönten großem Vibrato. Dann lachte er laut auf und jauchzte:

„Jaj istenem!", was im Ungarischen ‚Oh, mein Gott!' bedeutet.

Ionescu, ein kleiner gedrungener dunkler Mann von 50 Jahren, lächelte und kniff seine von großen dunklen Ringen umkreisten Augen zusammen. Und obwohl er lächelte, waren seine schwarzen Knopfaugen von einer fernen Traurigkeit durchdrungen, die sich in den einsamen Bergdörfern Siebenbürgens verlor.

Sie waren Freunde wie die beiden Masken, die das Symbol des Schauspiels sind. Fetras, der am Plattensee aufgewachsen war, verkörperte die südliche Leichtigkeit und Lebensfreude, den einfachen Spaß am Spiel. Ionescu stand für die winterliche Melancholie, die seiner Heimat in den Karpaten innewohnt.

Er führte die in eine Spitze gesteckte Zigarette, die er in der Hand hielt, an seine wulstigen purpurnen Lippen und grüßte Stepanowitsch. Die Männer sahen sich mit einem Ausdruck konspirativen Zusammengehörigkeitsgefühls an, das vielleicht den Menschen eigen ist, die ihre Prägung unter der Rigide des Warschauer Paktes erhielten. Die ständige Angst vor Denunziation und Geheimpolizei ließ die Menschen genau jene Verhaltensweisen annehmen, die für Spitzel und Agenten typisch sind: Verschwiegenheit, vieldeutige Gesten, die alles oder nichts bedeuten konnten, Vortäuschen und Irreführen, Konspiration.

Insofern bildete die Gruppe der Osteuropäer im Orchester eine Gemeinschaft, was bisweilen auch zum Tragen kam, etwa bei den Abstimmungen über bestandene Probejahre neu einzustellender Kollegen. Freilich war dies eine Gruppe, die durch Misstrauen zusammengehalten wurde und also eine

destruktive Kraft barg, die auch bisweilen aufbrach. Sobald
die drei beisammen standen, verstummte Fetras' Lachen, sie
sprachen nicht miteinander und schauten etwas angespannt in
verschiedene Richtungen.

Dann erschien der stellvertretende Konzertmeister Rosenheimer, ein Amerikaner von der Ostküste, dessen Eltern
aus Deutschland emigriert waren. Die leicht gebeugte Haltung
seines dünnen Körpers und die verhuschte Schnelligkeit, mit
der er geräuschlos um die Ecke schlich, machten es anderen
Menschen schwer, ihn überhaupt wahrzunehmen. Wenn man
aber erst einmal seine hinter starken Brillengläsern unruhig
rollenden Augen gefangen hatte, konnte dieser Intellektuelle
langatmige Vorträge nicht nur über Musik, sondern auch über
Fehler der Intendanz, mangelnde Leistungsbereitschaft aller
Europäer, die unnatürlichen Bequemlichkeiten des deutschen
Kulturbetriebs, die überlegene amerikanische Kultur gespon-
sorter Professionalität oder über die zweifelhafte Qualität der
Gruppe der Ersten Geigen halten. Er grüßte kurz, schaute
von unten mit aufgerissenen Augen zu Stepanowitsch hoch
und wollte gerade zu einer Rede ansetzen, als Stepanowitsch
sagte:

„Wir warten noch auf die anderen."

Die Damen-Gruppe der Geigen erschien. Vorne weg
marschierte die selbstbewusste Frau Picht. Sie streckte ihre
feine Nase in die Höhe, ihre dünnen, halblangen schwarzen
Haare fielen deshalb nach hinten in den Nacken. Ihre blauen
Augen leuchteten kontrastierend zwischen den langen Wim-
pern. Ihr Dekolletee öffnete sich selbstsicher und ihre schönen Brüste hoben sich prall.

Ihr folgten vier weitere Damen, die angeregt plauderten:
Frau Alldag, ein blonde, dünne Norddeutsche, deren langer
Hals sich wie der S-Bogen eines Fagottes wand, während ihre
schweren blauen Lider die Augen halb bedeckten; Frau Bulgarova aus Bulgarien, ein dunkler Lockenkopf von sonnigem
Gemüt, deren schräger Mund ihrem runden Gesicht das
Aussehen eines Kinderbildes gab; Frau Huber aus Bayern,
beleibt und überall gewölbt, atmete schnaubend und schwitzte ein wenig. Ferner stak Frau Fuchs, eine junge Frau aus
Russland mit deutschen Vorfahren, grau und langbeinig wie
eine Bachstelze der Gruppe hinterher.

Frau Picht trat an den Konzertmeister heran, fixierte seine grauen Augen und forderte:

„Können wir diese Sache jetzt endlich zu einem Abschluss bringen?"

Es war klar, dass sie mit „dieser Sache" Meier meinte, und mit „Abschluss" seinen Ausschluss. Ihre Ungeduld war spürbar. Sie wippte leicht auf den Ballen, ihre Lippen waren schmal, eine dezente Röte tanzte auf ihren Wangen, die für eine Frau Anfang vierzig erstaunlich glatt waren.

Der Ärger über Meiers Platzansprüche auf der Bühne und die plumpe Durchsetzung seinerseits war ihr noch nicht entwichen. Vielmehr war die Bugwelle ihrer Empörung über Meiers proletenhaften Unverschämtheiten von Konzert zu Konzert angewachsen, seit sie vor fünf Jahren vom städtischen Orchester Kassel hierher nach Hamburg gewechselt war. Denn ihre Position innerhalb der Gruppe beinhaltete, dass sie neben Meier am fünften Pult sitzen musste. Für sie bedeutete dieser Umstand, dass sie in jeder Probe und in jedem Konzert zu wenig Platz hatte, um sich geigerisch entfalten zu können, weil dieser Meier, diese fleischgewordene Neurose, soviel Platz wie ein geigespielendes Flusspferd benötigt. Und darüber hinaus eine auffällige Arroganz und Hochmütigkeit gegenüber Frauen zeigte, die der Realität der Geschlechterbeziehungen Hohn sprachen und aus einer anderen Zeit zu kommen schienen – so dachte jedenfalls Frau Picht

Dieser Auslöser ständiger Unruhe und Streitereien musste einfach verschwinden. Seine Zeit war abgelaufen, sein Benehmen einem modernen Orchester nicht mehr angemessen, seinen Mitmenschen nicht zuzumuten. Nun ging er in Rente, und es war für sie klar, dass dies das Ende seiner musikalischen Tätigkeit im Landesorchester sein musste.

„Wir sind noch nicht vollzählig", sagte Stepanowitsch. Sein Blick strich über den Busen seiner Kollegin, um dann verschämt ins Weite zu fliehen, wo er den Rest der Gruppe erblickte.

„Da kommen die anderen", freute er sich sagen zu können.

Ein schüchtern dreinblickender Endfünfziger mit einer Knollennase im Gesicht und einem um Verzeihung bittenden

Lächeln auf den Lippen näherte sich ihnen. In seiner Begleitung eine ältere Dame von kleiner Statur und gerader Haltung. In ihrem Lächeln steckten schiefe Zähne, ihre große goldene Brille aus den fünfziger Jahren bedeckte verkniffene Augen.

Alles an Frau Schmidt drückte Geiz aus, eine Prägung aus der schlechten Zeit, in der auch Herr Klein das Leben lernte, allerdings jenseits der Elbe, wo auf den Verzicht dann auch nicht viel Konsum folgte. Doch anders als Frau Schmidt, die den Mangel verinnerlicht hatte und geizig war, hatte Herr Klein sich mit kleinen Belohnungen den Verzicht versüßt, klein und kurz, ein kleines Blondes und ein Kurzer, und noch ein Gedeck und immer wieder, all die Jahre. Jetzt lächelte er vor Scham über die erniedrigende Sucht, die sein Leben langsam und stetig zerstörte, die er hilflos und rührend zu verbergen suchte, obwohl er wusste, dass alle es wussten.

Damals in Ost-Berlin war er ein guter junger Geiger in einem guten Orchester, doch er musste ja fliehen, er wollte ja den Wohlstand, den er täglich da drüben jenseits der Mauer bewundern konnte, er wollte sich nicht abfinden mit Plaste und Elaste, er wollte Cola und Marlboro. Er bekam, was er sich wünschte, doch er zerbrach daran.

Als Dissident der Diktatur war er stolz und würdevoll, als Konsument der Beliebigkeit verlor er den Rahmen und fiel in das materielle Nichts, in dem Gefühle zu Besitz verkommen und Besitz alle Bedeutung verliert. Sein Zustand war schlecht, und er zählte die Tage, bis er endlich gehen konnte. Er mochte sich nicht mehr anschauen lassen, nicht mehr beurteilen lassen, das Gerede über ihn, das nur dürftig verborgen wurde, nicht mehr hören. Er wollte heim in seine Kneipe und trinken, einfach nur trinken.

„Alles in Ordnung, Herr Klein?", fragte Stepanowitsch.

„Ja, ja, danke, alles in Ordnung."

„Gut, dann können wir ja anfangen." Stepanowitsch blickte zur Seite und sammelte kurz seine Gedanken. Er wollte Meier loswerden, doch er wusste auch, dass es Kollegen gab, die zu ihm hielten, aus Tradition oder aus Sentimentalität, er wusste es nicht genau. Diese Frau Schmidt zum Beispiel, ein wahrer Drachen, saß seit dreißig Jahren mit Meier auf der Bühne der Konzerthalle, ein Urgestein, das die wechselvolle

Geschichte des Orchesters sitzend überdauerte. Sie war sicherlich an Meiers Seite, wenn es darum ging, seine Ansprüche zu verteidigen. Das Votum der Gruppe schien durchaus nicht klar.

„Nun, ich denke, wir wissen alle, worum es geht", fing er an. „Der Intendant hat mich davon unterrichtet, dass der Kollege Meier, der diesen Monat 65 Jahre alt wird und also in Rente gehen kann, ihm gegenüber zum Ausdruck gebracht hat, weiterhin als Aushilfe spielen zu wollen. Der Intendant hat mich gebeten, eine einheitliche Position unserer Gruppe herbeizuführen, mit der dann er als Repräsentant des gesamten Orchesters diesem Anliegen antworten kann."

Der Konzertmeister übertraf sich selbst an Förmlichkeit. Der kehlige Klang seiner zerfurchten Stimme und der russische Akzent, der keine offenen Vokale kennt, verbreiteten die schlechte Stimmung offizieller Aussprachen. Man war gefordert, seine Meinung zu äußern, durfte aber nicht gegen die sehr engen Konventionen des gegenseitigen Respekts, was eine Umschreibung für Rücksichtnahme auf Eitelkeiten ist, verstoßen. Alle ahnten, dass der Gruppenprimus seinen Willen bekommen würde, dass die diskursive Herstellung eines Konsenses eine Fiktion war, weil es Schlipse gab, die länger waren als andere, weil das Gewicht der Eitelkeiten von ihrer Macht abhängig war.

Es gibt keine Gleichheit in einem Orchester und auch keine Demokratie. Die Struktur einer solchen Institution schließt Demokratie aus. Ein Orchester ist die Organisation von Menschen nach ihrer Funktion und nach der Bedeutung dieser Funktion. Wie sollen unterschiedliche Funktionen gleich sein? Der erste Oboist hat natürlich eine andere Wichtigkeit für die Qualität der Darbietung als das zweite Fagott. Der Konzertmeister der ersten Geigen hat natürlich eine größere Wichtigkeit als ein Tuttist am vierten Bratschenpult.

Hierarchie zeichnet das Verhältnis der Musikanten aus. Und weil jeder von der eigenen Wichtigkeit überzeugt ist und in der Regel auch jemanden hat, gegenüber dem er seinen Anspruch auf Wichtigkeit unter Hinweis auf die Hierarchie und ohne moralischen Beweis geltend machen kann, ist ein Orchester eine von Dauerfehden und Eitelkeiten zersetzte Gruppe, die nur der totale Führungsanspruch des einen an der höchsten Stelle der Hierarchie stehenden Chefdirigenten zusammenhält. Die Gunst dieses einen über allem Stehenden zu erwerben, ist mithin das höchste Streben eines Orchestermusikers und also der eigentliche Motor der Leistungsbereitschaft und der künstlerischen Qualität.

Ohne den Entrückten und das Gedrängel und Gekrieche der Vielen an dessen hinterem Eingang gibt es keine künstlerisch hochstehende Orchesterkultur. Kunst verlangt Selbsterniedrigung als ihre Bedingung, die Unterwerfung der Menschenwürde unter ihren absoluten Anspruch auf Wahrheit. In der Kunst zählt nie das Ich. Der Körper in seiner dahingeworfenen Nacktheit ist ihr Medium. Was interessiert der Geist, die Seele, die da vegetieren in diesem Haufen Fleisch? Ein Werkzeug ist der Musikus, er wird benützt vom Über-Ich der Kunst, dessen Verkörperung der Eine da im Rampenlicht, der Dirigent ist. Darum kommen die besten Orchester auch nicht aus demokratischen Staaten.

Stepanowitsch hasste solche Aussprachen. Er verstand nicht, worin ihr Zweck bestand. Damals in Moskau wurde entschieden, von oben, ohne großes Gerede und erst Recht ohne Widerrede. Da wäre eine solche Sache gar nicht erst zu einem Problem geworden. Der Konzertmeister wäre zum Intendanten gegangen, hätte ihm gesagt, so und so sieht es aus, das und das will ich, und der Intendant hätte gesagt: ‚So sei es!‘ Doch nun sollte er eine einheitliche Position der Gruppe auf diskursivem Wege herbeiführen.

„Ich möchte die Sache schnell zu Ende bringen", fuhr er fort. „Gibt es jemanden, der dafür ist, dass Herr Meier in Zukunft als Aushilfe bestellt wird?"

Frau Schmidt und Herr Klein hoben die Hände. Herr Rosenheimer sagte: „Unter Umständen, ja."

„Na gut", sagte der Konzertmeister, „können Sie Ihre Ansicht dann bitte begründen."

„Können Sie denn begründen, warum er *nicht* mehr kommen sollte?", entgegnete Frau Schmidt schnippisch.

„Ja, in der Tat, das kann ich. Und ich werde das später auch gerne tun." Stepanowitsch tippelte unruhig hin und her. Seine Laune trübte sich sichtlich ein.

„Nun", begann Frau Schmidt, „als ich hier anfing, bekam ich 600 Mark im Monat. Wir haben für wirklich wenig Geld hier gearbeitet. Und wir haben hart gearbeitet. Es gab keine Diensterleichterungen, Tarifverträge, oder sonstige Vergünstigungen. Wir haben gemeinsam schwierige Zeiten durchritten und wir haben immer zum Orchester gehalten. Wir haben unser Leben, unsere Seelen hingegeben für dieses Orchester. Ein Mensch, der sich derart verdient gemacht hat um diesen Klangkörper, mehr als vierzig Jahre seines Lebens geopfert hat, ein Mensch, über dessen Integrität kein Zweifel besteht, der immer ein guter Kollege war, ein solcher Mensch verdient respektvollen Umgang. Und respektvoll meint in seinem Fall, dass man seinen Wünschen entgegenkommt, auch wenn es altersbedingte Abstriche an der Qualität gibt. Respekt heißt, dass man seine Lebensleistung wertschätzt, seine Verdienste um das Orchester anerkennt und ihn nicht einfach abserviert. Es ist eine Frage des Respekts und der Würde, die es gebietet, ihn weiter zu bestellen."

Frau Schmidt wuchs während ihrer Rede Millimeter um Millimeter. Sie steigerte sich hinein in ihren Appell an die Würde. Ihre Brust weitete sich, ihre Wangen wurden röter, ihre Empörung über die Achtlosigkeit, mit der ein ganzes Leben für nichtig erklärt werden sollte, steigerte sich zur Rage gegen die Ignoranz der Jungen und besonders der Vierzig- und Fünfzigjährigen, deren Leistung in absehbarer Zeit gleichfalls abfallen würde und die sich jetzt jedoch besonders hervortaten, wenn es darum ging, Leistungen anderer zu denunzieren.

„Ich schließe mich dieser Meinung an", flüsterte der traurige Geiger Klein in die schweigende Runde, denn Frau Schmidt hat auch bei den entschiedensten Gegnern Meiers einen gewissen Eindruck gemacht.

Frau Picht rümpfte die Nase über diesen nach ihrer Wahrnehmung von einer Aura des Schmutzes umgebenen Kranken, der neben ihr stand. Ihr Ekel vor dieser süchtigen Schwäche, die Beleidigung ihrer verfeinerten Sinne bestärkten sie wieder in der Ablehnung Meiers, nachdem sie für einen Moment den Anflug von Weichheit verspürt hatte.

„Sie sprechen von Würde", hob sie an, „doch wer ist es denn, der sich um die Würde seiner Mitspieler nicht schert? Wer beharrt denn egoistisch auf seinem Platz, auf seinen Privilegien und bringt seine Verachtung für Frauen schamlos zum Ausdruck? Ihr werter Kollege Meier ist es doch, der sich nicht benehmen kann und sich aufführt wie ein Prolet. Respekt muss man sich verdienen! Meier hat ihn verspielt.

Ich sehe nicht ein, warum er, der Querulant, der Miesmacher, der Nörgler, irgendwelches Entgegenkommen verdient hätte. Gut, sein Alter, aber Lebensleistung? Er hat doch all die Jahre seine Kollegen malträtiert. Und dann war da noch die Sache mit seiner sogenannten Suchterkrankung. Er konnte froh sein, hier wieder aufgenommen worden zu sein. Er schuldet dem Orchester etwas, nämlich Dankbarkeit und Respekt für die Größe, auf seine Erkrankung Rücksicht genommen zu haben. Aber nein, er stellt Ansprüche. Mit welchem Recht? Ich hätte keine Probleme mit einem netten älteren Herrn, der sich einfügt und seine Erfahrung in den Dienst des klanglichen Ergebnisses stellt. Aber einen missgelaunten Egoisten brauchen wir hier nicht und können wir uns auch nicht leisten. Wenn diese Person hier wieder auftaucht, dann streike ich! Das mache ich nicht mit! Auf keinen Fall!"

Frau Schmidt fixierte sie mit kleinen Augen und schmalen Lippen. Sie kochte vor Wut. Frau Picht hingegen warf triumphierend ihr Haar in den Nacken und öffnete die Brust. Sie schob ihren rechten Fuß vor und brachte so ihren Körper in die Position einer kampfbereiten Karateka.

„Jaj istenem!", sagte Fetras, der Ungar. Ionescu sog an seiner Zigarettenspitze und kniff die Lider zusammen. Die vier Damen gruppierten sich zustimmend und ihren Rücken stärkend hinter Frau Picht. Klein schaute betreten zu Boden. Rosenheimer hörte nicht auf, Noten zu lesen. Und Stepanowitsch, der während der Rede von Frau Picht ständig sein im Hals verschwindendes Kinn auf und ab bewegte, wodurch der schwammige Kropf sich wie ein Ballon mal blähte, mal wie Gummi sich dehnte, blickte gedankenverloren in die Luft.

„Na ja", sagte er, „es geht natürlich immer und in erster Linie um die Qualität. Was wir brauchen, ist ein einheitlicher Ton. Wenn wir ein A spielen, dann darf man auch nur 443 Hertz hören, und nicht eine Spanne von 438 bis 448. Die Intonation muss stimmen. Das ist Grundlage für alles hier. Und darüber hinaus müssen wir einheitlich spielen, wie ein Mann, ein Ton, ein Strich, ein Bogen. Das muss klar sein. Und Herr Meier kann oder will sich nicht unterordnen. Er spielt nicht mit der Gruppe. Er spielt wie er will, und das geht nicht. Wenn ich sage, wie wir etwas streichen, kann er nicht sagen, ich weiß es besser und mach, was ich will. Und das hat er immer gemacht. Mehrmals habe ich ihn ermahnt, doch es hat nichts genützt. Und darum meine ich, sollte der Intendant ihm mitteilen, dass er hier nicht mehr spielen kann."

„Aber sein A stimmte immer ganz genau", warf Frau Schmidt ein.

„Ich sitze immer schräg vor ihm, und ich weiß, was ich da hören musste", erwiderte Stepanowitsch.

Herr Rosenheimer, der die ganze Zeit nicht von seinen Notenpapieren aufgesehen hatte, meldete sich nun zu Wort:

„Es könnte Situationen geben, in denen wir auf eine erfahrene Aushilfe angewiesen sind. Dann kann ich mir auch vorstellen, Herrn Meier trotz seiner menschlichen und technischen Defizite wieder einzuladen. Bei parallel laufenden Produktionen zum Beispiel, wo wir nicht genug Leute bekommen, oder bei unattraktiven Veranstaltungen. Ich würde kein eindeutiges Votum geben, sondern taktieren. Aus den wichtigen Sachen raushalten, von Zeit zu Zeit aber mal einen Brocken hinwerfen, um ihn warm zu halten."

„Das ist in der Tat die unmoralischste Variante", wandte Frau Schmidt ein, „dann doch lieber offen ausschließen."

„Stimmen wir doch ab", schlug Frau Picht vor.

Mit einem Schlag brachen alle in eine erregte und laute Diskussion aus. Nur Klein, dem die Meinung allgemein und aus Gewohnheit abgesprochen wurde, schaute selbstvergessen in die Runde und schwieg. Einige Minuten wurden die Argumente in dem Durcheinander gewälzt, gewichtet und verworfen. Dann bat der Konzertmeister um Ruhe:

„Ich finde, wir sollten abstimmen, nicht wahr? Also: Wer ist dafür, dass Meier hier noch spielt?"

Zwei Hände streckten sich. Frau Schmidt und Herr Klein waren offensichtlich nicht überzeugt worden.

„Gut. Zwei. Wer ist dafür, dass er nicht mehr kommen soll?"

Außer seiner eigenen und der von Frau Picht hoben sich noch fünf weitere Hände. Die Amazonen um Frau Picht und Herr Ionescu teilten die negative Wahrnehmung, die Meier durch seinen neurotischen Platzbedarf und seine unverhohlene Frauenfeindlichkeit zu einem guten Teil selbst zu verantworten hatte.

„Wer enthält sich?"

Der Ungar Fetras, der zu gutmütig war, um irgendjemanden auszuschließen, und der Amerikaner entschieden sich für Stimmenthaltung.

„Nun, ich denke, dass das Ergebnis eindeutig ist", resümierte Stepanowitsch, „ich werde dem Intendanten Mitteilung machen und ihm empfehlen, Herrn Meier klarzumachen, dass die Gruppe der Ersten Geigen nicht wünscht, dass er hier noch weiter als Aushilfe bestellt wird. Alle einverstanden?"

Die Gruppe drückte ihre Zustimmung durch Schweigen aus. Blicke flogen durcheinander, schmale vieldeutige Blicke, als sei gerade über das Schicksal eines Verschwörungsopfers konspirativ entschieden worden.

Dann stob die Versammlung schnell und geisterhaft auseinander, ein jeder in seine Richtung, beschäftigt mit sich selbst und den Anliegen, die der Alltag nun an sie stellte. Einzig Frau Picht und ihr Konzertmeister blieben stehen und schauten sich mit engen Blicken an. Sie hatten ihren Willen durchgesetzt. Doch Ruhm hatten sie sich nicht verdient.

„Na, Gott sei Dank, das wäre erledigt", stöhnte Stepanowitsch, während er eine Zigarette aus der Tasche kramte. „Dieser Besserwisser erzählt mir nichts mehr über Musik. Es war immer eine Katastrophe mit ihm; keine Ahnung, aber so eine Klappe! Unmöglich!"

„Dieser Kretin soll doch verrecken! Ich hasse diesen Kerl. Kaum ein Mensch hat soviel Ekel in mir hervorgerufen. Ich hoffe, ich muss ihn nie mehr sehen." Frau Picht ließ ihrem Groll noch einmal freien Lauf. Sie biss die Lippen zusammen und blickte durch die Wand ins Nichts. Sie zog die Nasenflügel hoch, bis sich der aufgestaute Druck in einem kräftig behauchtem ‚Pah' entlud. Im selben Augenblick drehte sie sich auf ihrem Absatz um 180 Grad und ging zügig zurück zur Bühne, wo sich langsam die Kollegen zur Fortsetzung der Probe zu einer gänzlich unwichtigen Produktion der musikalischen Sommersaison einfanden.

Als sie auf die Bühne trat, ging ihr Blick nach oben, wo durch das Glasdach das helle Licht der Mittsommersonne den Saal in eine Grelle tauchte, die den Lärm der sich einspielenden Musiker rauschhaft absorbierte. Die Luft war dick und staubig und für einen Augenblick hörte sie nichts als ihr Herz, das mühsam in ihrer Brust schlug; und sie sah den Staub rieseln wie Asche auf das karmesinrote Gestühl des Parketts, das sich in einen See aus Blut zu verwandeln schien. Sie sah hinein und sah sich fallen, als plötzlich eine Hand ihren Arm ergriff.

„Pass auf, fall nicht von der Bühne."

Frau Picht schüttelte sich und bedankte sich hastig bei dem Kollegen, der sie hielt, bevor sie sich auf ihren Platz am fünften Pult setzte, an dem außer ihr heute nicht Meier, sondern ein junger gutaussehender Aushilfsgeiger saß. Sie nahm sich allen Platz der Welt, lächelte den jungen Mann an und freute sich, dass ein freundliches Lächeln zurückkam.

Sie holte tief Luft und suchte ihren Kreislauf durch Reiben der Füße über den Boden in Schwung zu bekommen, denn angenehm waren diese Momente der Luftarmut nicht, in denen das Fleisch einzuschlafen schien und die Sinne erschlafften wie ein Ballon, dem die Luft entfährt. Vielleicht hatte sie sich doch zu sehr aufgeregt in letzter Zeit, sich zu sehr in den Ärger gesteigert, dass auf die künstliche Erhöhung des Pulsschlages der jähe Abfall zwangsläufig folgte, sobald die Luft schwindsüchtig wurde.

Oder war es gar nicht der Ärger der vergangenen Jahre als vielmehr die Erregung, die empfindliche Menschen befällt, wenn sie das Schicksal eines anderen lenken, seine Freiheit beschneiden, seinen Gefühlshaushalt durcheinander werfen? Denn das hatte sie gerade getan und zwar mit unerbittlicher Vehemenz. In ihrem Bewusstsein stieg der Gedanke auf, welchen Wandel die Verweigerung für diesen Mann bedeutete. Sie ahnte, wie man ein fernes Windfeld ahnt, den jähen Bruch in jenem Leben. Sie war nicht kalt genug, um nicht auch diesem so gehassten Menschen Empfindsamkeit zuzusprechen. Und sie bekam Angst bei der Vorstellung, einem Menschen diese Abfuhr anzutun. Egal um wen es sich handelte. Sie bekam Angst vor ihrer eigenen Härte und ihrer Macht, Schmerz zuzufügen, und plötzlich schämte sie sich ihres Auftrittes vor der Gruppe und ihrer Worte. Doch sie verdrängte diese Scham, wischte sie mit einem Bogenstrich beiseite. Sie atmete tief ein, richtete ihre Wirbelsäule auf und wandte sich an den netten jungen Mann neben sich:

„Was spielen wir heute?"

3

Die weißen Villen der noblen Wohngegenden an der Außenalster bogen sich grotesk und leuchteten unnatürlich hell in pastellfarbenen Rosatönen. Das sonst trübe Lustgewässer glänzte und glitzerte wie mit Diamantenstaub bepudert und wog nicht weich, sondern faltete sich steif, als sei dies kein Wasser, wie eine seltsame Folie von unbekannter Konsistenz. Wilder Wind blies durch die Brust, und Meier torkelte wie ein loses Blatt am Ufer auf und ab. Panik verzerrte sein Gesicht. Seine ohnehin schon blasse Gesichtsfarbe war vollständig entwichen. Er war aschgrau, seine Augen blutunterlaufen.

Er stöberte umher, als würde er etwas suchen. Und tatsächlich fiel auf, dass etwas an ihm fehlte. Seine Hände waren leer. Er trug keinen Geigenkasten, ohne den man Meier praktisch nie antraf.

Oh, mein Gott, er hat die Geige verloren hier am Ufer im Park! Die heilige Geige – liegen gelassen wie eine leere Zigarettenschachtel!

Meiers Hände streckten sich knöchern in Richtung Boden. Alle Büsche und Äste schob er beiseite. Unter den Bänken zerwühlte er den Schotter, jeden Inhalt eines Ascheimers kramte er hervor. Hektisch und kantig waren seine Bewegungen, immer schneller wurden sie, doch Meier fand nur Staub.

Dann sah er auf in den Himmel, und siehe, über der Brückenstadt schwebte der riesenhafte Corpus einer Geige. Und für einen kurzen Augenblick konnte Meier in dem gigantischen F-Loch Buchstaben erkennen. Giovanni Battista Guridi fecit. Cremona 1776. Das war seine Geige! Meiers geliebte Geige. Das gute Stück aus Italien, mit Liebe gebaut und gespielt über die Jahrhunderte, schließlich überreicht bekommen von einem gebrochenen Mund.

Eine Böe packte ihn. Meier wehte davon, er flog auf die Riesengeige zu. Er wirbelte durch die Luft und schrie vor Entsetzen. Er fiel, er stürzte, er flog in das F-Loch, das sich geschwungen und länglich öffnete wie eine Vision der

Mechthild von Magdeburg. Ein Loch in der Oberfläche der Realität, hinter der der allmächtige Weltenlenker seine zynische Mechanik mit einem Schmierölfläschchen in der Hand bediente. Doch in dem Loch war es nur schwarz und taub. Meier schwebte im Nichts. Plötzlich hallten Geigenklänge durch dieses Nichts. Das war doch, ja, die erste Partita von Bach, dieses unübertroffene Meisterwerk der Geigenliteratur. Nein, kein Werk eines Meisters, das eines höheren Wesens, Sprache Gottes, ein Riss auch dies, in der Haut der Wirklichkeit.

Meier fühlte sich warm und aufgehoben. Leben durchströmte ihn. Seine Muskeln waren gespannt und unternehmungslustig. Die Energiemeridiane, die in der Mitte der Stirn beginnend die Wirbelsäule umwanden, pulsierten kraftvoll im Rhythmus seines Atems. Ein Mann erschien in einem schwarzen Mantel, dessen Gesicht mit schwarzem Tuch gänzlich verhüllt war. Mit tiefer wohlklingender Stimme sprach er:

„Vergiss die Welt, mein Sohn, hier bist du frei. Hier bist du stark und herrschst. Recke deinen Kopf, denn wert bist du und machtvoll. Du bist ein freier Mann. Dein Wille ist dein Gebot, drum nimm, was das Deine ist."

Der Fremde streckte ihm die Hand entgegen, die von einem schwarzen Lederhandschuh bedeckt war. Meier ergriff sie. Sie zog ihn hinab auf die Füße.

„Geh jetzt deinen Weg", sagte die Gestalt, „und scher dich nicht. Und wenn im Feuer die Welt versinkt, dann spann deinen Bogen über dich. Er ist dein Schwert."

Selbstbewusst machte Meier sich auf.

Um ihn herum tauchte nun eine Landschaft auf, eine saftige Marschlandschaft, in der ein frischer Wind blies. Prall waren seine Lungen von reiner Luft. Weiße Haufenwolken begleiteten ihn auf dem geraden Weg durch die flachen Wiesen. Am Horizont lag im Schimmer des Sonnenlichts eine Stadt und wartete auf ihn. Erst jetzt bemerkte er, dass er ihn wieder in der Hand hielt, den Geigenkoffer mit der Guridi-Geige und dem französischen Bogen. Er rollte stolz das Schultergelenk, an dem der Koffer hing. Weich und wie geschmiert drehte sich das Kugelgelenk in seiner Schale. Ein guter Arm zum Geigen, wahrlich, ein guter, zuverlässiger Arm. Nie hatte er ihn im Stich gelassen wie all die schlaffen

Arme der bemitleidenswerten Kollegen. Der eine hatte jedes Jahr eine Sehnenscheidenentzündung, die ihn für Monate behinderte. Der andere hatte Muskelverspannungen im Schulterbereich, was zu permanenten Schmerzen führte. Die dritte hatte Knochenwucherungen und Fisteln im Handgelenk, was es steif werden ließ und fast das Ende ihres Musikerlebens bedeutete. Er war nicht von so schwächlicher Natur. Er war gesund. Die unnatürliche Haltung des Geigespielers konnte ihm und seinem Körper nichts anhaben. Erneut drehte er das Schultergelenk, wobei er tief inhalierte und mit der inhalierten Luft alle Gelenke weitete.

Doch plötzlich sah er eine Gestalt am Wegrand sitzen. Eine kleine zusammengekauerte Gestalt saß dort auf dem Boden. Meier konnte nicht erkennen, wer es war, doch ihm wurde unwohl, er bekam Angst. Nichts Gutes ahnte er. Überhaupt hatte er vergessen, dass er anderen begegnen könnte. Begegnung passte nicht in sein Konzept. Er näherte sich der dort lungernden Person, deren Kopf von einem weißen Umhang bedeckt war. Sie blickte zum Boden. Doch als Meier bis auf wenige Schritte an sie herangetreten war, sah sie auf, und Meier entglitt der Boden unter den Füßen. Es war seine Mutter, die ihn anlächelte, und alle Muskeln, die eben noch gespannt waren, erschlafften. Aller Stolz, der eben noch seine Brust schwellte, entwich wie heiße Luft einem Ballon. Plötzlich schrie es in seinem Kopf: ‚Ich bin klein!‘ und er verlor vor Schreck das Bewusstsein.

Meier fuhr hoch aus dem Schlaf mit aufgerissenen Augen. „Mutter“, sagte er halblaut, und wieder: „Mutter“. Er warf die Decke beiseite, stand auf und verließ das Schlafzimmer.

Die Holzdielen seiner Altbauwohnung knarrten, als er durch sämtliche Zimmer ging und sich umschaute, als suche er jemanden. Seine Mutter war nicht da. Sie war seit fast zwanzig Jahren tot. Meier öffnete das mittlere Zimmer. Hier war sie damals gestorben, in dem mittleren Zimmer, dessen Fenster in den Schlitz ging, sodass nur wenige Meter entfernt die blanke Wand des nächsten Hauses aufragte.

‚Ihr letzter Ausblick‘, dachte Meier regungslos, als er auf die trostlose Wand sah. Das Zimmer war ungenutzt. Das Bett, in dem Meiers Mutter nach kurzer Agonie starb, stand noch da. Auch der Schrank und der Tisch. Ihre Kleider hatte

Meier indes vernichtet. Der Schrank war leer. Auch das Bett war nicht bezogen und nur mit einer wollenen Decke überworfen. Doch das Zimmer war sauber.

Einmal in der Woche kam eine Zugehfrau und reinigte die Wohnung. Diese Frau Kowalski wohnte in der Nachbarschaft und war eine betagte Frau von mehr als siebzig Jahren. Sie kam schon seit der Zeit, als Meier seine kurzen Ehejahre zwei Etagen höher verbracht hatte. Seiner Mutter war die Pflege der geräumigen Vier-Zimmer-Wohnung, die sie als NSDAP-Mitglied und Kriegerwitwe zugewiesen bekam, nachdem ihr altes Domizil am Grindelberg ausgebombt war, zuviel. Nach dem Scheitern der, wie sie fand, von vornherein aussichtslosen Ehe ihres Sohnes mit diesem viel zu jungen und unerfahrenen Ding namens Dorothee und dessen Rückkehr in die mütterliche Wohnung, blieb nicht nur der Sohn, sondern auch Frau Kowalski, die sich durch ihren Fleiß und ihren Ordnungssinn unentbehrlich im Meier'schen Haushalt gemacht hatte.

Dass diese Frau ihre kleine murkelige Neugier befriedigte, indem sie in den Privaträumen anderer Menschen arbeitete, interessierte die Meiers nicht. Es kam nie auch nur die Andeutung von irgendeinem Gerede an ihre Ohren. Die Mutter verließ immer seltener das Haus, der Sohn ging auf in seiner Passion, der Musik, und hatte sowieso kein Interesse an den in der Nachbarschaft kursierenden Geschichten von Schicksalen, die sich die Leute teilnahmslos erzählten, um irgendwas zu erzählen und das Gespräch mit einem gedehnten ‚So is dat un nich anners!' zu beenden.

Nur ein fotografisches Portrait seiner Mutter stand auf dem Tisch. Es wurde anlässlich ihres fünfundsiebzigsten Geburtstags ein Jahr vor ihrem Tod gemacht. Dieses in einem inzwischen verschwundenen Fotogeschäft gleich um die Ecke am Mühlenkamp hergestellte Portrait war das einzige Erinnerungsstück an sie in der Wohnung. Es zeigte eine zierliche alte Dame mit faltigem Gesicht. Die Nase war spitz und glich der Meiers. Auf ihr saß eine unmodische Brille. Die feinen Züge des Gesichtes ließen ahnen, dass diese Frau einmal eine attraktive Frau gewesen war, auch wenn die hässliche Perücke den Gesamteindruck trübte. An der oberen rechten Ecke des Bildes war ein schwarzes Band diagonal um den Rahmen gebunden. Es war eine Schwarz-Weiß-Fotografie, als hätte der Auftraggeber seinerzeit geahnt, dass dieses Foto dereinst als Kondolenzfoto dienen musste.

Meier nahm das Bild in die Hand und betrachtete es eindringlich, als suchte er in ihm irgendetwas. Und tatsächlich suchte er etwas, denn er schaute nach innen auf den Ort der Seele, wo andere Mutterliebe, Trauer um Verstorbene oder Mitleid hatten. Doch der Ort der Mutterliebe in seinem Herzen war leer. Er schaute in alle Richtungen, drehte sich, blickte nach oben und nach unten.

„Mutter", sagte er kalt und tonlos, „ich spüre nichts. Ich empfinde nichts. Mein Herz ist öd und leer."

Und während er diese Sätze flüsterte, schoben sich seine Lider zusammen und Wasser sammelte sich in den Augen. Doch was ihn weinen ließ, war Selbstmitleid. Er bedauerte sich so sehr dafür, dass er seiner eigenen Mutter keinerlei Gefühl der Zuneigung entgegenbringen konnte. Er weinte um sich, weil er innerlich abgeschnitten war von seiner eigenen Mutter. Was war er für ein armer Mensch, der leben musste ohne diese großen Gefühle. Was für ein armer Mensch, der in seiner Kindheit das Opfer von Krieg und Elend war, sodass die Liebe zur Mutter im Überlebenskampf verloren ging. Was für ein armes Kind war er doch, dessen Mutter es nicht vermochte, ihm die Mutterliebe zu lehren. Er zog die Nase hoch und stellte das Bild zurück auf seinen Platz.

Zwei Schritte weiter in der Tür, die er hinter sich verschloss, waren die Lider wieder trocken und die Miene wieder hart. Er war jetzt wach. Durch den langen Flur ging er nach hinten in die Küche, nahm den Wasserkessel, füllte ihn mit Wasser und stellte ihn auf den Gasherd. Auf dem Tisch lag ein Feuerzeug, mit dem er nun eine Flamme und den Wasserkessel darauf schob. An der Wand, die von einer Tapete mit orangefarbenem Zwiebelmuster bedeckt war, hing ein Schrank in Landhausstil, Eiche dunkel. Er nahm eine blauweiß gemusterte schlanke Kanne heraus, einen Filteraufsatz aus Porzellan, von dem der Griff abgebrochen war, und aus einer grün-roten Schachtel einen Kaffeefilter. Der Kaffee selbst stand auf der dunklen Arbeitsplatte unterhalb des Schranks in einer großen Dose Tupperware. Er füllte den Filter mit Kaffee und verließ die Küche.

Vorne im Wohnzimmer lag auf dem Couchtisch neben einem mit brauner alter Brause halbgefülltem Glas und einem halbgefülltem Aschenbecher, der einen unangenehmen Geruch verbreitete, eine halbvolle Schachtel Zigaretten. Meier nahm sie und ging zurück in die Küche. Der Kessel setzte gerade dazu an, seinen ungestimmten Ton, der irgendwo zwischen f und fis lag, zu pfeifen, als Meier ihn vom Feuer nahm. Er goss den Kaffee auf und wartete. Diese Handlung wiederholte er einige Male, bis kein Wasser mehr im Kessel war und die Kanne halb gefüllt. Er setzte sich an den Tisch, schenkte sich Kaffee in eine Tasse und nahm einen vorsichtigen Schluck von dem heißen schwarzen Getränk. Dann zündete sich eine Zigarette an. Er inhalierte den Rauch, zog dabei, wie es seine Art war, die Mundwinkel zurück und ließ sich gleichzeitig in den Küchenstuhl fallen.

Es war Montagmorgen. Die schon hoch stehende Julisonne erleuchtete den unbepflanzten Balkon, der von der Küche durch eine alte einfachverglaste Tür getrennt war. Das Glas brach das Licht und warf einen grellen Fleck auf die unmögliche Tapete. Meier saß mit dem Rücken zur Balkontür und rollte die Zigarette zwischen Zeige- und Mittelfinger. Er inhalierte genussvoll. Sein Mund verzog sich zu einem Grinsen. Die schmalen Augen fixierten den Lichtfleck.

Ja, ein helles Licht war die Musik im grauen Leben der Menschen. Er dachte an den ekstatischen Moment in Bruckners neunter Sinfonie am gestrigen Abend, den einstündigen geistigen Höhepunkt, den die aktive Beteiligung an der Aufführung dieses Werkes bedeutete. Diese Momente des absoluten Seins, als welche sie Meier erlebte, waren ohne Zweifel seine Sucht. Er war seelisch und körperlich abhängig von diesen Augenblicken. Nun schwelgte er in der Erinnerung an den letzten solchen Moment und an all die vielen anderen, die er im Laufe seines langen Musikerlebens genießen durfte. Er schwelgte und verdrängte mit dem Schwelgen alle Zweifel und Ängste und Erinnerungen an die Mutter. Nein, sie war nicht da, wenn er sich eins fühlte mit sich und der Welt. Seine Mutter war außerhalb der Einheit, sie war nicht in seiner Welt. Sie war draußen, nein, nicht nur draußen, sie war seiner Nuss entgegengesetzt. Sie war Gefahr, denn einzig sie erkannte seine Nacktheit und hatte die Macht, seinen Hochmut zu brechen. Doch sie war tot. Und er lebte und spielte im Orchester als Leistungsträger der Ersten Violinen. Er hat Bruckner glanzvoll absolviert. Das war ein Meisterstück, ohne Frage. Wer sonst hatte auch soviel Routine und damit Gelassenheit, die interpretatorische Freiheit erst zulässt. Er fand sich toll und war sicher, dass viele seiner Kollegen, auch jene, die ihn kritisierten, durch seine Leistung überzeugt wurden, ihn unbedingt zu halten.

So dachte er und zog an seiner Zigarette. Er nippte an seinem Kaffee und fuhr sich mit der Hand selbstsicher durch die grauen Haare, die seit fünfundvierzig Jahren nach hinten gekämmt waren und an den Seiten von Kotletten verlängert wurden.

Doch so sicher er sich seiner Sache auch war, eine Erkenntnis stieg ihm beim Betrachten der öligen Blase, die in der Schwärze seines Kaffees schwamm, in die Stirn, die darob ihre Falte zeigte. Der Konzertmeister, er war ein besserwisserischer Intrigant, er würde gegen ihn arbeiten. Dieser Stepanowitsch war wie alle Russen, die sich neuerdings in Deutschland breit machten, besonders in der Szene der professionellen Musiker – undurchschaubar.

Nie wusste man, welches Süppchen solche Leute eigentlich kochten. Die ganze russische Mentalität war Meier fremd und zutiefst unheimlich. Er hatte gut gelebt mit dem Eisernen Vorhang, der die freie Welt von der der Kontrolle trennte. Meier kannte sich aus mit abgeschlossenen Welten und er schätzte die eindeutigen Verhältnisse, die klare Trennungen generierten. Doch seit jenem Tag, an dem der Schleier sich lüftete, – und Meier erinnerte sich sehr gut an den neunten November 1989, an dem sie eine entzückende kleine Mozartsinfonie aus dessen frühen Salzburger Jahren probten, als die Nachricht die Runde machte und für helle Aufregung sorgte – seit jenem Tag trieben sich in seinem Leben Gestalten herum, die aussahen wie ganz normale Leute, Anzug halt und weiße Haut, die jedoch für ihn nicht zu erreichen waren. Er verstand die Menschen, die die Geschichte hier anspülte, nicht. Er hatte keine Möglichkeit, ihnen zu begegnen, wie er einem Einheimischen oder auch einem Amerikaner wie Rosenheimer, den er ja jetzt schon lange kannte und der ihm als zugehörig zum eigenen Kulturkreis deuchte, begegnete.

Meier hegte diesen tiefen Dünkel gegen alle Russen, der ihnen die zivilisatorische Reife absprach und gleichzeitig von der kulturellen Produktion dieses großen europäischen Volkes fasziniert war. Stepanowitsch hatte ihn ein, zweimal darauf angesprochen, dass er eine strengere Unterordnung unter die spieltechnische Oberhoheit des Konzertmeisters erwartet, doch hatte Meier nie den Eindruck, dass diese Hinweise irgendwie ernst oder bedrohlich waren. Nein, sie kamen locker und entspannt, gleichsam nebenbei, sodass Meier ihnen nur bedingt Aufmerksamkeit entgegenbrachte.

Doch sein Dünkel erregte nun sein Misstrauen. Was war diesem Stepanowitsch zuzutrauen? Würde er sich, wie Meier es von einem Moderator der Diskussion innerhalb der Gruppe erwartete, neutral verhalten? Er hatte Zweifel. Er erinnerte sich an die Szene nach dem letzten Konzert im Stimmzimmer, als diese Frau Picht ihn provozierte. Stepanowitsch stand auch dort. Sein Gesicht war ohne jede Regung geblieben. Er hatte nichts gesagt, weder zu ihm noch zu irgendjemandem sonst, jedenfalls nicht soweit er es hören und sehen konnte. So war das mit den Russen. Sie verzogen keine Mine, sagten nichts, zeigten nichts und machten die Entscheidungen in Klüngelrunden aus.

Das mochte er, der sich gerne theatralisch ereiferte und lautstark schimpfte, überhaupt nicht. Das empfand er als Beleidigung, als Respektlosigkeit. Von den Adressaten seiner unflätigen Pöbelattacken erwartete er lautstarken Protest. Nur so war es möglich, eine Situation zu bereinigen und eine Beziehung aufzubauen. Wer ihm einmal den Tonfall erwiderte, gehörte fürderhin zu den von ihm geachteten Menschen, mit denen er in den Pausen gerne beim Kaffee plauschte, deren Meinung er akzeptierte und die sogar bisweilen ein freundliches Lächeln von ihm empfingen.

Stepanowitsch war, das wurde ihm jetzt bei Kaffee und Zigarette in der hellen Küche gewahr, der Angelpunkt seines Kampfes für den Verbleib in der Gruppe, von deren Tun er abhängig war, auch wenn die einzelnen Personen in seiner Welt nicht vorkamen. Aber war es wirklich schon ein Kampf?

Vor einigen Tagen schien ihm die Sache noch klar. Jetzt dachte er schon an Kampf. Eine kleine Taktlosigkeit seiner Intimfeindin, ein kleiner Hinweis von seinem Freund Kuhn und schon ballten sich seine Fäuste kampfesbereit, schon spannten sich die Muskeln in Nacken und Kreuz. Sie würden schon sehen, dass mit ihm nicht zu spaßen war. Angriff war schon immer seine beste Verteidigung. Bisher hatte er noch jeden Angriff weggebügelt mit seiner, wenn er wollte, ungehemmten Aggression.

Seine Wut und sein Misstrauen hatten ihn immer beschützt vor den Unbilden der Welt, als welche er jede Aufforderung zur Kommunikation und zur Verantwortung für andere empfand. Seine Freiheit war rücksichtslos, sein Wille absolut. Die Angst, die er schon sehr lange nicht mehr spürte, hatte ihn hart gemacht. Und am härtesten war er zu seiner Mutter gewesen, die er die Jahre vor ihrem Tod in der Wohnung sitzen ließ wie Inventar, überlassen einzig der Hilfe ihrer Frau Kowalski. Er sehnte sich nach ihrem Tod, und vielleicht war dies der Grund, warum er sie mied wie der Teufel das Weihwasser. Er hatte sie schlecht behandelt. Doch nun ahnte er, dass sich in dieser Situation nichts aussitzen ließ. Er hatte die kürzeren Hebel in der Hand. Seine Macht, die er aufgrund seiner Wesensart von Natur aus besaß, war mit dem Alter geschwunden. Zwar hatte er das so klar nie gesehen, doch ahnte er, dass geredet wurde und entschieden wurde und er nicht beteiligt war an den Entscheidungen. Er musste etwas unternehmen. Und wie eine plötzliche Erhellung kam ihm die Offensive in den Sinn. Er würde den Gegner, in diesem Fall Stepanowitsch, stellen.

Es war Montagmorgen und er wusste, dass das Landesorchester am Vormittag in der Konzerthalle proben würde. Dort wollte er nun erscheinen und den Konzertmeister bezüglich seiner Position in der betreffenden Frage festnageln. Er musste von diesem renitenten Russen das Bekenntnis erzwingen, dass er, der hochverdiente Geiger Meier, als Aushilfe in Rente für die Gruppe der Ersten Geigen unverzichtbar war. Gestärkt durch diesen Entschluss und wieder sicher zu bekommen, was er wollte, beendete er sein kärgliches Frühstück, machte sich bereit zum Ausgehen und verließ ohne Geige das Haus.

Das Orchester hatte seine Probe frühzeitig beendet. Haydn und Mendelssohn waren Repertoire. Das musste nicht allzu lange geprobt werden, und so beendete der Gastdirigent wegen zufriedenstellender Leistungen die Probe bereits um elf Uhr dreißig statt der angesetzten zwölf Uhr dreißig. Stepanowitsch verließ mit gereckter Nase schnell die Bühne in Richtung Stimmzimmer. Er legte seine kostbare Geige, die einen Versicherungswert von 100.000 Mark hatte, in den samtgefütterten Kasten, zog nochmals die Nase hoch, schwatzte das eine oder andere Wort auf deutsch, russisch oder polnisch und schob dann seinen für sein Alter nur mäßig gewölbten Bauch in den Hamburger Sommer.

Um ihn herum verabschiedeten sich die auseinanderstobenden Kollegen. Er blieb einen Augenblick stehen, um seine russischen Zigaretten aus der Tasche zu kramen, die ihm sein Arzt wegen erheblicher gesundheitlicher Risiken schon längst verboten hatte. Er hustete tief und rasselnd, warf dabei einen Blick nach rechts und erblickte zu seinem Unmut Meier, der schnurstracks auf ihn zukam. Er stöhnte frustriert. Der Tag war für ihn verdorben. Er hatte eigentlich nicht vor, noch einmal mit Meier zu sprechen. Die Verkündigung der Ablehnung durch die Gruppe wollte er dem Intendanten überlassen. Und dabei würde er es auch belassen, entschied er nun für sich. Sollte doch der Chef die unangenehmen Aufgaben erledigen. Schließlich verdiente er auch das meiste Geld und war der Repräsentant des Orchesters. Personalfragen waren sein Metier.

Mit dieser Entscheidung ging es ihm schon viel besser. Seine Brust entspannte sich. Locker steckte er sich das russische Gift ins Gesicht, entzündete es, schluckte den Qualm und blies das Abgas, gerade in dem Augenblick als Meier sich vor ihm aufbaute, in die Luft und damit Meier mitten ins Gesicht. Brauchte es noch irgendwelcher Worte? Meier errötete vor Zorn.

„Herr Stepanowitsch, wir müssen mal miteinander reden“, riss er sich zusammen zu sagen, denn er wollte das Gespräch tatsächlich führen.

„Sie wissen doch, dass ich ein guter Geiger bin und die Leistung immer gebracht habe und noch bringe. Sie wollen doch sicherlich auch, dass ich noch weiter komme?“

Stepanowitsch schaute ihn nicht an. Vielmehr blickte er konzentriert in die Gegend. Er machte eine Geste, die Ahnungslosigkeit ausdrückte, und schaute weiter umher.

„Sollte irgendjemand“, fuhr Meier fort, „Sie wissen, wen ich meine, hier gegen mich sprechen, dann bleiben Sie doch neutral, oder?“

Er bedrängte Stepanowitsch geradezu mit seinem Körper, indem er das Becken weit vorschob. Seine Brust war ganz geöffnet, sein Blick aufgerissen. Er erwartete nun eine Erklärung. Irgendetwas wollte er hören. Sein Herz klopfte vor Erwartung und Spannung. Sein Blut schoss durch die Adern. Jetzt wollte er Klarheit. Schnell und unverzüglich wollte er seine Zweifel ausgeräumt wissen, die sich seit vorgestern Abend in seine Gedanken geschlichen hatten. Er hasste hängende Zustände. Jetzt sollte dieser schweigende Russe sich erklären. Jetzt sollte er endlich mal Farbe bekennen. Was wurde gesprochen und verabredet hinter seinem Rücken? War er ein Gesprächsthema und wusste nichts davon? Kuhn musste doch irgendetwas gehört haben oder wie kam er zu der Annahme, es gäbe Leute, die ihn nicht mehr in der Gruppe haben wollten? Er, der Konzertmeister, musste darüber doch etwas wissen. Rede doch, du verschwiegener Russe! Was ist hier los?

So sprach sein Körper. Doch der andere stand da und paffte und glotzte und sagte nichts. Einen Augenblick lang verging keine Zeit. Die Vögel hörten auf zu singen, kein Luftzug ging mehr, der den beständigen Lärm der Stadt hätte tragen können. Stille. Die Brüche und Narben im Gesicht des Konzertmeisters erstarrten zu Stein. Einen Augenblick lang atmeten beide nicht. Doch dann entfuhr dem Russen die Luft und mit ihr der Satz:

„Ich weiß es nicht, Herr Meier.“

Mehr nicht. Wie? Mehr nicht? Das war alles, was dieser Mann zu sagen hatte? Er verschwieg doch etwas. Meier war sehr unzufrieden mit dieser Aussage. Er wollte gerade anheben, seinen Protest zu äußern, als Stepanowitsch ihn anging:

„Aber was Ihr Spiel angeht, seien Sie sich nicht zu sicher, dass das immer ganz toll ist, was und wie Sie spielen. Ich meine, Sie sind Tuttist. Sie müssen sich in die Gruppe fügen. Und Sie machen manchmal, was Sie wollen. Sie gehen nicht mit der Gruppe bei den Phrasierungen, Dynamiken und so weiter. Das ist nicht gut. Jedenfalls nicht immer. Und ich habe Ihnen das schon gesagt. Sie müssen mit mir mitgehen. Ich bin der Konzertmeister und ich bestimme, wie die Gruppe spielt. Und wenn Sie da Probleme haben zu folgen, dann ist das nicht gut, Herr Meier."

Meier war sprachlos. Mit einem derartigen Angriff auf sein, und als solches musste er es wahrnehmen, geigerisches Selbstbewusstsein hatte er nicht gerechnet. Ja hat denn dieser Stepanowitsch gar nichts mitbekommen am Sonntag? Hat er nicht gehört, wie hingebungsvoll Meier sein Innerstes nach außen gekehrt hat? Wie technisch sicher er gleichzeitig durch die Stimme gegangen war? Jetzt zeigte der Russe sein wahres Gesicht! Ein gemeiner Hund war er, jawohl, ein Hundsfott, ein hinterhältiger.

„Sie wissen doch gar nicht, was ich für dieses Orchester geleistet habe in den letzten vierzig Jahren", fiel Meier als Antwort ein. Und: „Ich bin hier eine Institution! Man kann mich nicht einfach abservieren! Ich habe hier mein ganzes Leben hingegeben! Wollen Sie das alles zerstören? Ich bin ein guter Geiger, und das lasse ich mir nicht kaputt reden! Ich saß hier schon am ersten Pult, als Sie noch Geigenschüler waren! Und eigentlich gehöre ich auch noch da hin! Sie sitzen frech auf meinem Platz und machen mir auch noch Vorschriften! Das ist alles eine riesige Unverschämtheit! Ihr Russen gehört doch gar nicht hierher! Ich lasse mich doch nicht vorführen von dahergelaufenen Ausländern!"

Meier pöbelte, was das Zeug hielt. Stepanowitsch stand weich und gelassen da. Ein mildes Lächeln auf seinen Lippen zeigte das verächtliche Mitleid, das er für diese arme Sau noch übrig hatte. Schließlich wurde es ihm zuviel. Er nahm seinen Koffer und ging, ließ Meier stehen.

Meier schimpfte weiter. Er brüllte ihm hinterher. Und er brüllte noch, als Stepanowitsch schon um die Ecke gebogen war und ihn gar nicht mehr hören konnte. Der Konzertmeister war's zufrieden. Er hatte diesen renitenten Rentner angeschlagen, den Rest konnte ihm der Intendant geben. Und dann wäre er ihn endlich los.

Stepanowitsch lächelte schadenfroh, als er die Treppen zur U-Bahn hinabstieg. Ein im Bahnhof auf dem Boden hockender Bettler kam in den Genuss seiner guten Laune, indem eine Münze aus der Hand des Geigers in seiner Bettelschale landete. Der Russe badete im Glanze seiner Macht. Er war der Konzertmeister, der noch bei Schostakowitsch studiert hatte. Er war die Nummer Eins im Landesorchester Nordmark, die rechte Hand des Dirigenten. Die Zeiten, als Parteifunktionäre über jede Regung des lebendigen Selbstbewusstseins und seiner Ansprüche wachten, waren vorbei. Hier in der freien Welt hatte er die Macht. Hier waren die Verhältnisse angemessen der Leistung jedes Einzelnen. Und er leistete nun mal mehr als andere. Er hat eben mehr geübt, und darum war er der Konzertmeister. Er hat sich diese Position erarbeitet, sie war ihm nicht zugefallen. Seine Position war kein Privileg, kein Ergebnis von Schacherei und Vorteilsnahme. Meier dachte wohl, seine Stellung sei ein Naturereignis, ein angeborenes Recht. Er war zu lange in diesem Orchester. Zu lange durfte er machen, was er wollte, zu lange wurde seinen Ansprüchen nachgegeben. Er hatte den Bezug zur Realität verloren.

Respekt muss man sich verdienen durch Arbeit, Leistungswillen und Unterwerfung unter die Realitäten der Macht. So sehr er die Bevormundung in der Sowjetunion hasste, das hatte er dort gelernt, sich einzufügen in das Kollektiv. Individualismus war kapitalistische Dekadenz. Individualistische Querschießer wurden entfernt, so wie damals, als der erste Oboist des Moskauer Orchesters, in dem Stepanowitsch als junger Geiger hospitierte, in der Kantine über den Generalsekretär Genosse Breschnjew geschimpft hatte. Als dieser Individualist bei der Fortsetzung der Probe das A geben wollte, erschien der Kommissar für politische Angelegenheiten und verkündete:

„Ivanow, aufstehen, mitkommen, Sie sind entlassen!“

So ging das damals. Und Meier dachte, er hätte hier irgendwelche Ansprüche. Weg gehörte der, und wenn es nach Stepanowitsch gegangen wäre, wäre dieser Querulant schon längst gefeuert worden. Aber hier hatte ja jeder seine Rechte, auch wenn er nur störte und das Kollektiv hemmte. Hier konnte jeder Spinner noch mit Rücksicht rechnen. Dekadent war der Westen und weibisch, aber süß, wenn man von seinem Nektar kostete. Für Meier war seine Rücksicht jetzt beendet, entschied Stepanowitsch, als er in die U-Bahn einstieg. Für Meier war Schluss.

Meier sah Stepanowitsch verschwinden und schimpfte dennoch weiter. Er war außer sich vor Wut. Nie war er derart beleidigt worden. Nie hatte es jemand gewagt, ihn derart anzugreifen, seine geigerischen Qualitäten derart in Abrede zu stellen. Er hatte Stepanowitsch immer für einen guten Geiger gehalten und ihn um seine Position beneidet, denn Meier selbst saß bis 1974 auf seinem Stuhl als Konzertmeister. Er musste diese Stellung räumen, nachdem er einige Male aufgrund dummer Zufälle und Missverständnisse die Proben verpasste und einmal sogar ein Konzert verschlief. Als ursächlich wurde damals sein angeblich überhöhter Alkohol- und Medikamentengebrauch gesehen, was in seinen Augen eine Überinterpretation war, denn er hatte sich natürlich stets im Griff. Dennoch verzichtete er fürderhin auf alle stimulierenden Mittel außer Tabak, machte ein neues Probespiel und schaffte es eineinhalb Jahre später durch seine hervorragende Vorstellung, die vakante Stelle am fünften Pult der Ersten Geigen zu bekommen.

Jetzt musste Meier erkennen, dass dieser von ihm geigerisch stets respektierte Konzertmeister erhebliche menschliche Defizite hatte. Er hegte ja schon lange Misstrauen gegen die Undurchschaubarkeit der russischen Mentalität, dass aber hinter dieser Mauer des Schweigens die blanke Ablehnung seiner Person verborgen war, konnte er sich bisher nicht vorstellen. Nun sah er klarer. Er hatte einen neuen Feind gewonnen. Und er sah seine Vorurteile bestätigt, sein Misstrauen hatte ihn mal wieder nicht getäuscht. Dennoch ärgerte er sich maßlos. Zutiefst war er verletzt durch die herbe Kritik an seiner künstlerischen Idee, die er in seinem Spiel realisierte. Als seien die Gefühle der Vereinigung mit dem Werk wertlos oder nur eingebildet, so sah er sich entblößt. Sein künstlerischer Enthusiasmus war lächerlich gemacht, sein Engagement denunziert, seine Identifikation mit der Kunst in Frage gestellt worden. Seit seiner Kindheit lebte er in der Musik, und nun kam ein Fremder und erdreistete sich zu behaupten, dieses Leben sei nichts wert, denn das künstlerische Ergebnis wäre mangelhaft.

Was wusste dieser technikbesessene Besserwisser schon vom Leben in der Musik, von der Identifikation mit dem Werk? Für Stepanowitsch, da war sich Meier sicher, war Musik eine mathematische Reihung von durch Parameter definierten Klängen, die möglichst perfekt auf der Geige umzusetzen das eigentliche Ziel des Violinisten war. Aber eine leblose Aneinanderreihung von Tönen war eben keine Musik, sondern Schrott, jawohl Schrott spielte dieser Russe, dieser arrogante Popanz! Ein kalter Technokrat war dieser Stepanowitsch, herzlos und kalt wie der sibirische Winter.

Meier spukte vor Ekel aus. Sein Körper bebte. Am Hals wölbte sich die Schlagader. Seine Hände und Füße zitterten. Seine Schwellkörper füllten sich mit Blut. Hektisch wühlte er eine Zigarette aus der Jackettasche, um wenigstens etwas Beruhigung zu bekommen durch das Gift, das schon lange nicht mehr wirkte. Mit der brennenden Zigarette in der Hand stiefelte er von dannen in Richtung Sankt Pauli.

Auf dem kurzen Weg durch die zum Park ausgebauten Wallanlagen des alten Hamburg schimpfte er mal leiser, mal lauter vor sich hin, was die Aufmerksamkeit so mancher Passanten erregte. Er ging über die Reeperbahn und bog in eine kleine Seitenstraße ein. Schließlich erreichte er eine abgesperrte Straße, zu der nur Männer Zutritt hatten und in der die Frauen in den Schaufenstern ihre Dienste anboten. Ohne zu zögern trat er ein in die halbseidene Welt der Prostitution. Nie zuvor war er hier gewesen. Und in dem Augenblick, da er die Welt hinter sich ließ, verließ ihn der Mut, die Knie wurden ihm weich und er blieb wie angewurzelt stehen.

Vor ihm lag eine kurze Straße, die von zwei Reihen niedriger Häuser begrenzt war. In den Häusern waren große Fenster. Dort saßen die Huren. Viel hatte er von dieser Straße gehört in seinem Leben, das er schließlich in Gänze in Hamburg verbracht hatte. Doch nie hatte es ihn interessiert, diese Straße und ihr Geschäft näher kennen zu lernen. Auch damals nicht, in den fünfziger Jahren, als er zusammen mit Kuhn in den Tanzlokalen von Sankt Pauli aufspielte. Sie sammelten geigerische Praxis und verdienten sich einige Groschen dazu. Was hatten sie gefiedelt, Walzer und Polkas und immer wieder Offenbach und Strauß, bis ihnen der Dreivierteltakt aus den Ohren quoll. Und getrunken hatten sie natürlich auch, und Meier hatte damit, anders als Kuhn, der sich von Haus aus besser beherrschen konnte, nicht mehr aufgehört.

Bis zu jenem 3. November 1974, als die damalige Geschäftsführerin des Landesorchesters ihm eröffnete, dass er wegen Alkoholsucht und Dienstvernachlässigung zum 1.1. des kommenden Jahres gekündigt sei. Zwei Wochen lang saß er in seinem Zimmer und trank und schlief und trank und rauchte und trank. Und als die letzte Flasche Whisky seiner Hausbar gelehrt war, nahm er seine Geige, setzte sie sich ans Kinn und spielte sämtliche Etüden, die er finden konnte, rauf und runter. Nie mehr hatte er einen Tropfen Alkohol getrunken.

Jetzt kam die Neugier zurück und er konnte die Beine wieder bewegen. Vorsichtig bewegte er sich vorwärts. Seine Wut strebte zum ersten Mal danach, sich sexuell abzureagieren. Er war ein wenig verwirrt. Das kannte er gar nicht. Er wusste gar nicht, ob er das wirklich wollte. Es war so lange her, dass er Geschlechtsverkehr hatte. Er konnte sich nur mühsam erinnern. Aber dann schossen ihm die Erinnerungen an jene Augenblicke in den Kopf.

Seine kurze Ehe mit Dorothee Anfang der sechziger Jahre, ja, da hatte er auch mal Sex. Aber er und noch mehr sie waren unerfahren und stellten sich an wie Ahnungslose. Dann wollte sie nicht mehr so, wie er sich das vorstellte. Sein Drang nach Dominanz und das veraltete Frauenbild, dem er anhing, passten nicht mit dem Wunsch der jungen Frau nach eigenen Erlebnissen und Erfüllungen zusammen. Schon bald schliefen sie nicht mehr miteinander, und nach zwei unangenehmen Jahren voller Streit und, je näher am Ende desto mehr, auch Gewalt trennten sich ihre Wege für immer. Meier zog zurück in die mütterliche Wohnung, die er ja auch nur symbolisch verlassen hatte, als er mit Dorothee zwei Etagen höher im selben Haus eine Wohnung bezog. 1965 war das. Er erinnerte sich noch gut an die Bedenken, die seine Mutter geäußert hatte. Sie hatte ihn damit zur Rage gebracht. Damals wollte er weg von ihr, er wollte materiell vollziehen, was er innerlich schon lange getan hatte, seine Mutter verlassen. Da hatte er einer jungen Frau, die in der Musikhalle die Plätze anwies und sich von seiner musikalischen Gabe beeindruckt zeigte, die Aufwartung gemacht.

Nach zwei Monaten romantischer Blicke und säuselnder Worte hatte er Dorothee aus Dätgen bei Nortorf in Holstein geheiratet. Sie war das Mittel, von der Mutter wegzukommen. Aber er kam nur bis in die vierte Etage. Seine Mutter hatte bei dem Vermieter die Wohnung für ihn frühzeitig reserviert, sodass er das günstige Angebot nicht mehr ausschlagen konnte, als es soweit war.

Seine Mutter wusste und wollte von vornherein, dass die Geschichte nicht gut gehen würde, und half auch kräftig mit, Dorothee die Ehe madig zu machen. Ständig krittelte sie an ihrer Schwiegertochter herum, mischte sich ein und erklärte ihr, wie man was im Haushalt zu machen habe. Doch Dorothee, mit frischer Landluft und bockigen Kühen aufgewachsen, war selbstbewusst hinter ihren roten Wangen, die stets wie Holsteiner Äpfel glänzten. Schlagfertig und bauernschlau bot sie der hanseatischen Arroganz ihrer Schwiegermutter gerne auch auf Platt Paroli. Dieses Mädchen, denn nichts anderes war sie mit ihren siebzehn Jahren bei der Eheschließung 1963, wollte vom Leben etwas haben. Dafür war sie schließlich in die Stadt gekommen. Sie ließ sich weder von einer eifersüchtigen Schwiegermutter hinausekeln, noch von einem schimpfenden Kulturtrinker zu einem unterwürfigen Kücheninventar diskreditieren und missbrauchen, und so ging sie bald ihren eigenen Weg. Am 7. Mai 1965 – Meier saß an diesem 132sten Geburtstag von Johannes Brahms in einer Probe – nahm sie ihren Koffer, verließ die Wohnung und spazierte über den Schinkelplatz in Richtung Innenstadt, was Mutter Meier auf ihrem Beobachtungsstützpunkt hinter der Gardine schmatzend goutierte.

Meier hatte danach nie wieder intimen Verkehr mit Frauen. Und jetzt stand er da in dieser Straße und schritt langsam auf ein Fenster zu. Er konnte schon die Rückseite eines Armes sehen. Langsam ging er weiter. Ein roter Büstenhalter und unnatürlich blondes Haar. Dann zwei mächtige schwarze Lederstiefel, die zwei netzbestrumpfte Beine bis zu den Knien bedeckten. Die Hure drehte sich um. Auf ihrer Wange prangte ein etwas zu groß geratener unechter Leberfleck. Sie beugte sich weit vor, sodass der heranschleichende Meier tiefen Einblick in ihr üppiges Dekolletee erhielt. Mit dicken, runden Lippen fragte sie aus dem geöffneten Fenster:

„Na, Süßer! Wie wär's denn mit uns beiden?"

Meier, dessen Stirn von kalten Schweißtropfen übersät war, wurde bleich vor Entsetzen. Mit einem Ruck drehte er sich um und rannte so schnell er konnte hinaus aus diesem Sündenpfuhl. Er rannte sicherlich hundert Meter, was in Anbetracht seines Alters eine enorme Strecke war. Als er stehen blieb, hechelte er nach Luft. Pfui Teufel, wie konnte er nur daran denken, sich dort im wirklichen Sodom tierischen Gelüsten hinzugeben?

Er nutzte die Erschöpfung seiner Lungen, um durch ein geräuschvolles Würgen seinem Ekel Nachdruck zu verleihen. Dann ging er schnell weiter in Richtung Hafen. Er erreichte nach wenigen Minuten die Landungsbrücken und bestieg eine Fähre, die bis zum Anleger am Wittenbergener Elbstrand fuhr. Er stellte sich auf das Sonnendeck ganz vorne am Bug.

Was war mit ihm passiert? Er musste die Gedanken und Gefühle sortieren. Doch die Wut hielt noch immer seine Nerven gefesselt. Sein Körper war derart angespannt, dass ein Gegenstand, der seine Haut berührte, von der aufgestauten Energie davon geschleudert worden wäre. Doch welcher Teufel hatte ihn geritten, die überschüssige Energie an einem Weibe abarbeiten zu wollen? Dieses Gelüst ist ihm seit fünfunddreißig Jahren nicht mehr in das Glied gestiegen, aber immerhin, es kam schon mal vor, und er erinnerte sich schamvoll an den schrecklichen ersten Mai 1965, als er nachts vom Tanz in den Mai volltrunken nach Hause kam. Damals hatte er sich maßlos geärgert über einen frechen Zechkumpan. Auch damals elektrisierte ihn die Wut und machte ihn rasend. Unfähig das eigene Tun noch irgendwie zu kontrollieren, brach er brutal in den Schlaf seiner jungen Frau, stürzte sich auf sie und vergewaltigte sie.

Es war der Endpunkt und gewalttätige Tiefpunkt dieser aussichtslosen Ehe. Danach hatte er den Frauen abgeschworen. Die Erniedrigung durch die eigenen Affekte, die zu beherrschen er nicht in der Lage war, verwandelte er in Verachtung. Er verachtete die Frauen für seine Triebe. So ließ es sich leben all die Jahre. Dass jetzt erneut die Wut ihn in die Nähe sexuellen Tuns zwang, war nur Beleg für die maßlose Verletzung, die Stepanowitsch ihm zugeführt hat. Eine tiefe Wunde, so tief, dass längst vergrabene Dämonen ans Licht sich wagten. Er schloss die Augen und zitterte, obwohl es angenehm warm war. Er versuchte sich auf etwas anderes zu konzentrieren, um die Dämonen wieder einzufangen. Er horchte nach innen. Die Geräusche der Welt, das brausende Wasser der Elbe, der Fahrtwind auf dem Oberdeck der Fähre, die dröhnende Maschine verstummten. Aus dem Nichts im Mittelpunkt seiner Seele stieg eine schwüle Melodie ganz langsam, Note für Note, eine jede breit und mit schwerem Vibrato. Es war das Vorspiel zu Wagners Parzival, dieser todessüchtige Abgesang auf das Heldentum. Note für Note hörte er das gesamte Vorspiel mit seinem inneren Ohr. Und es rührte ihn zu Tränen, Tränen der Ohnmacht vor der Macht der Wut.

Am Fähranleger des schönen Wittenbergener Elbstrands angekommen hastete er an das westliche Ende des Strandes, wo das alte Unterfeuer abgeschaltet noch stand. Er wandte seinen Blick auf die sich hier zum Meer hin öffnende Elbe, das man schon ahnte, obwohl das Meer noch hundert Kilometer entfernt war, und schrie in den Wind. Er schrie zweimal laut auf das Wasser. Dann wischte er sich das aus dem Mund entwichene Wasser mit seinem Taschentuch ab und setzte sich auf eine wenige Meter entfernt stehende Bank.

Es ging ihm etwas besser, das heißt, das heftige Gefühl der Wut war etwas abgeklungen und einer sich ausbreitenden tauben Dumpfheit gewichen. Sein grauer Blick, der in der Stadt noch aus den Augenhöhlen quoll, fiel langsam in sich zusammen und wurde leer, so leer, dass man zweifeln musste, ob die Augen überhaupt noch da waren. Jetzt war die Zeit für eine Zigarette gekommen. Er hatte Schwierigkeiten, sie zu halten, so schwach waren seine schlanken durchtrainierten Finger jetzt im Augenblick der Erschlaffung. Doch er rauchte sie und sie half ihm, einen Zustand zu erreichen, der so etwas wie Ähnlichkeit mit seinem Normalzustand hatte. So erhob er sich denn. Er beschloss, in die Stadt zurückzukehren, und entschied sich für den Landweg. Er erklomm also den Berg – an diesem Abschnitt der Elbe erstreckte sich auf der Nordseite eine veritable Steilküste – und erreichte die Straße, an der ein Bus in Richtung Innenstadt verkehrte.

‚Diese Schweine, diese Hunde, diese, alle wie sie da sind! Ich lasse mich nicht fertig machen', sprachen flüsternde

Stimmen in Meiers Gehirn, als er durch das Altbauviertel rund um den Schinkelplatz in Winterhude ging.

Obwohl die Trottoirs von Fahrzeugen zugeparkt waren, versprühte dieses Quartier den Charme des wilhelminischen Hamburgs. Bäume spendeten Schatten. Nette Menschen führten ihre Hunde Gassi oder trugen Einkaufstüten vom Mühlenkamp heran. Der alte Meister, der sich mit seiner Polsterei als einer der letzten Handwerker hier noch halten konnte, Herr Wegener, ein bekennender Homosexueller, der seit über fünfzig Jahren in jener Werkstatt handwerkte, stand auf der Straße im Sonnenlicht und schaute sich um, als sei er zuständig für die Ordnung in seiner Straße. Er kannte alle Nachbarn nebst Abstammung und Familiengeschichte und wunderte sich nun über den vorbeischleichenden Meier, der ihn nicht zu bemerken schien und ihm mit gesenktem Haupt und bösem Blick versunken in tiefste Tiefen dünkte.

‚Die kriegen mich nicht klein, niemals! Stepanowitsch, du Hund, du wirst mich nicht so einfach los. Das letzte Wort ist noch nicht gesprochen. Du kannst nicht machen, was du willst, oh nein, wir sind hier nicht in Russland, hier hat alles seine Regeln, und ich gebe nicht auf, Stepanowitsch, nein, davon träumst du nur, ich gebe nicht auf. Es gibt auch noch andere, die wichtiger sind als du, du Möchtegerndespot, du mickriger Spieß! Nein, nein, Stepanowitsch, so leicht wirst du mich nicht los, so leicht mach ich es dir nicht. Wollen mal sehn, was der Intendant zu der Intrige gegen mich sagt, und der Chefdirigent, der hat ja schließlich das letzte Wort in künstlerischen Angelegenheiten, und das ist es ja wohl, wenn ein anerkannter Künstler abgeschossen werden soll. Da macht der doch bestimmt nicht mit, nein, nein, ich kenne ihn doch, den Waltl. Der ist nicht so, zickt zwar manchmal rum, aber der ist kein Schwein, nein, die Österreicher sind ein kunstliebendes Volk, die sind alle nett. Ich geh zum Waltl, ja Stepanowitsch, und dann wollen wir doch mal sehen, wer sich hier durchsetzt‘.

Und Meiers Blick hob sich wieder, als er sein Wohnhaus erreichte. Und seine Hoffnung keimte bei dem Gedanken an den nächsten Strohhalm, als welche ihm Chefdirigent und Intendant vorkamen. Zwei Männer, über die sich zu ereifern, ihm in den letzten Jahren so manches Mal angemessen wähte. Doch er verdrängte die Nachteile dieser beiden mindestens schwierigen Köpfe und erinnerte sich auf wundersame Weise nur an die Vorzüge ihrer Charaktere, an den gönnerhaften Großmut, der beide einte, an die gelassene Eleganz des Einen, des Dirigenten, an die pflichtbesessene Disziplin des anderen. Und übertrieb ihre Vorzüge märchenhaft, sodass in seiner Phantasie ein Bild der ersehnten Retter entstand, das mit der Wirklichkeit der beiden Herren nicht mehr allzu viel gemein hatte. Denn recht betrachtet war der Intendant ein Pfennig-fuchser und nur an der stimmigen Kasse des ganzen Ladens interessiert, während der österreichische Chefdirigent ein erfolgsversessener Karrierist war, dem der einzelne Musikus lediglich Mittel zum Zweck nie jedoch Selbstzweck war, ganz abgesehen von seinem latenten Piefkehass. Doch für den Augenblick bildete Meier sich ein, die beiden könnten ihn hören und retten vor der Verschwörung der Russen. Und so betrat er sein Haus mit neuem Mut und neuer Kraft. Und wie schon am vorgestrigen Abend kam ihm das berühmte ‚Vince-ro!' aus Turandot in das Gehör.

„Ja", machte er sich beschwörend Mut, „ja, ich werde sie-gen!"

4

Noch immer hielt das gute Wetter über Hamburg. Blau und weit leuchtete der morgendliche Himmel, als die Früh-maschine aus Wien sich dem Rollfeld von Norden her näher-te. Langsam und lautlos fiel das große Fluggerät aus den Sphären und streckte seine Gummikrallen dem Boden entge-gen. Ein Wunder eigentlich, dass derart schwere Maschinen nicht auf die moorigen Holsteiner Wiesen stürzten, doch das Wissen der Menschen um die Gesetze der Natur und sein technischer Erfindungsreichtum hatten die Schwerkraft über-listet, und nach 6000 Jahren Menschheitsgeschichte erfüllte sich die drängende Sehnsucht der Kinder Adams, die Füße die Erde verlassen zu lassen. Und so flog Ikarus denn nun mit einer lakonischen Selbstverständlichkeit durch die Welt, die vergessen ließ, dass Fliegen erst seit fünf, sechs Generationen möglich war.

Kurz bevor der Airbus aus Wien den Boden berührte, drang seine Schallwelle an das Ohr des namenlosen Betrachters auf der Aussichtsplattform. Die Reifen quietschten mehrmals, dann senkte sich die Nase, ein lautes Grollen hob an und das Flugzeug bremste ab. Nach wenigen hundert Metern rollte es ruhig auf seine Parkposition, um seine Fracht, an die hundert Menschen, in ihre Tagesentwürfe zu entlassen.

Der kleine Mann mit schwarzem Vollbart und dickglasiger Brille, der nun nach der Gepäckausgabe in die Halle trat, war Chefdirigent Joseph Wolfgang Waltl, den seine Eltern, die von Anbeginn für ihren Sohn eine musikalische Karriere anstrebten, nach den beiden größten österreichischen Komponisten Haydn und Mozart benannt hatten.

Er blieb stehen. Seine braunen Augen, die durch die Brille unnatürlich groß wirkten, rollten hin und her, als würden sie die Halle mit Röntgenstrahlen durchleuchten und alle verborgenen Fehler und Gefahren zu entdecken suchen. Dieser analytische Blick und der scharfe Geist dahinter, der alles Gesehene zu durchschauen schien, waren es, die Waltl für manchen Musikerkollegen zu einem unangenehmen Kapellmeister machten, ja, zu einem wahren Tyrannen der gnadenlosen Fehleranalyse, besonders natürlich für diejenigen, die besonders viele Fehler zu vertuschen suchten. Sein Wiener Akzent gepaart mit einer bisweilen arroganten, leicht zynischen Haltung vergrößerten nicht seine Sympathien im Orchester.

Einzig Respekt, nämlich für seine große Musikalität und schlagtechnische Perfektion, war die Basis seiner unbestrittenen Akzeptanz unter den Klanghandwerkern. Denn Waltl war es, der, auch durch seine unnachgiebige Benennung der Schwächen und sein hartes Training zur Ausmerzung derselben, dem Orchester die Interpretation der Werke der Wiener Klassik erst lehrte. Erst seine Schule hob das Niveau des Klangkörpers in regionale, wenn nicht gar nationale Spitzenbereiche. Unter seiner Leitung entwickelte sich das Landesorchester Nordmark von einem eher anrührenden, weil mit offensichtlichen Schwächen behafteten Salonorchester zu einem ernstzunehmenden Interpretationsclub ehrwürdiger Musikmeister mit einem eindeutigen Schwerpunkt bei Klassik und Romantik. Und so ließ sich denn schon mal ein Kritiker in seiner Rezension einer Aufführung von Mendelssohns Schottischer zu Begeisterungsausbrüchen hinreißen, die in dem Ausruf „Maestro Waltl, Sie sind ein Gott!" gipfelten.

Als Führungspersönlichkeit, die Menschen mitreißen will und soll auf dem Weg zur vollkommenen Hingabe und damit zur Perfektion, taugte dieser Charakter allerdings wenig. Denn hart war sein Umgang und einzig an der Qualität der Darbietung orientiert und nicht am Wohl des Hilfsmittels, das den Klang ja erst machte, dem Musiker. Als würden die Geräusche, die das Orchester fabrizierte, erst durch sein Dirigat zur Musik, dankte er den Kollegen ihren Anteil am Ergebnis wenig und bezog den Erfolg vornehmlich auf sich selbst. Denn er, so sein Verständnis, war der eigentliche Künstler unter den vielen auf der Bühne, der einzige, der künstlerisch etwas mitzuteilen hatte und über die Fähigkeit verfügte, es auch mitteilen zu können.

So war sein nachdrücklicher Einsatz für die Frühverrentung der allseits beliebten und geachteten Frau Professor Marquart an der Ersten Flöte gleich zu Beginn seiner Tätigkeit in Hamburg nicht vergessen und hatte seinerzeit zu einigen atmosphärischen Störungen geführt. Vielleicht hatte ihn die rigide Schule seines Vaters, eines Musikpädagogen in Klagenfurt, blind gemacht für das Menschliche am Musiker, erlebte er selbst doch als Kind eine Behandlung, die keinen Raum ließ für kindliches Spiel und Abschweifen in die Weltvergessenheit, vielmehr äußerste Disziplin und härtesten Willen forderte und auch nichts anderes duldete. So wurde dieses Kind denn technisch perfekt auf mehreren Instrumenten, aber auch eigentümlich beschränkt, wenn es um weltliche, physikalische Aufgaben ging, die das Leben so zu stellen pflegte.

Einmal landete ein Ball aus der spielenden Rotte auf dem Bolzplatz vor Waltls Füßen. Er war damals wohl 12 Jahre alt und auf dem Weg zum Gesangsunterricht. Die Kinder riefen und winkten, er solle den Ball doch zurück schießen über den Zaun, doch der kleine Joseph wusste nicht wie und was und schaute nur tumb durch die dicken Brillengläser hinüber zu den Burschen, die ihm sowieso schon immer unheimlich waren. Er rannte davon und die Jungen fluchten.

Und auch heute noch befiel Waltl bisweilen der Impuls
fortzurennen, wenn der vermaledeite Zufall sein gespenstisches Spiel mit den Situationen trieb. Er hatte es lieber sicher
und vorhersehbar. Vielleicht war diese Eigenart auch der
Grund für seine Vorliebe für die Wiener Klassik.

Kaum ein Komponist des Abendlandes übertraf Mozart
an Klarheit, Einfachheit und analytischer Tiefe. Die selbst für
das Laienauge in schöner Regelmäßigkeit angeordneten Viertel- und Achtelnoten mozartischer Partituren erfreute das
nach Überschaubarkeit sehnende Herz. Und fand sich in
dieser übersichtlichen und übersinnlichen Einfachheit auch
noch die volle Tiefe einer bisweilen empfindsam leidenden
und dann wieder entzückt jubilierenden Seele wieder, wie es
bei dem Maestro der Fall war, der trotz aller hochtrabender
Anmaßung doch ein verängstigter, unsicherer Buberl geblieben war, dann, ja dann drang diese Seele zur Selbsterkenntnis
vor, zur kathartischen Reinigung in der unio mystica.

Und der Maestro und Professor, der er natürlich auch
war, erkannte sich selbst in Mozart, ja, er erkannte seinen
eigenen Genius, seine Bestimmung, sein Herkommen und
sein Hingehen, er sah sich selbst als D-Moll-Dreiklang, der
Tonart des Requiems, und er spürte den Grundton D in
seinem Unterleib, die kleine Terz, das F, in seiner Brust, und
die Quinte A war in seinem Kopf. Und die schwarzen Noten
rieselten in diesen kontemplativen Zuständen vor seinem
geistigen Auge weich und stumm herab wie Schneeflocken.

Doch vor der Versenkung stand die Arbeit. Satori war der
Abschluss und Höhepunkt eines vielleicht lebenslangen Konzentrationsprozesses, das Ergebnis von Übung, jeden Tag,
stundenlang, monatelang, jahrelang. Die plötzliche Erkenntnis, dass alles nichts war und alle Formen sinnentleert, war
nur den Meistern der buddhistischen Zen-Meditation vorbehalten. Und genauso verhielt es sich mit der Versenkung in
ein Werk Mozarts. Zuerst musste die Technik ins Fleisch
gehen. Dann kam der Wille, das Werk verstehen zu wollen.
Und schließlich das Versenken der Seele in das Klangmeer.

Und erst, wenn kein Ich mehr dachte, ich spiele Musik,
sondern wenn vielmehr Es spielte, dann zeigte die Komposition ihr Wesen, dann brach die Wahrheit sich die Bahn, dann
wurde alles gut. Arbeite, wenn du heim willst! Arbeite, arbeite,

wenn du zur Mutter willst! Der Vater hat es dir gesagt, arbeite! Arbeite! Und so arbeitete Meister Waltl, um sich zu reinigen. Er arbeitete sich ab für ein Versprechen, von dem er noch nicht bemerkt hatte, dass es ein verzehrendes war. Er arbeitete hart und forderte die gleiche Härte von allen, die an der Verwirklichung seiner Ideen beteiligt waren.

Mit dieser Forderung an die Kollegen ging er auch zu dem heute angesetzten Probespiel für die durch Meier frei werdende Stelle in den Ersten Geigen. Es war Donnerstag und noch keine Woche her, dass Meier seinen letzten Dienst bestritten hatte. Nächste Woche wurde Meier 65. Die Stelle sollte zur Eröffnung der neuen Saison besetzt sein.

Waltl fuhr mit dem Taxi in die Innenstadt. Er hatte im noblen Stadtteil Harvestehude eine kleine Wohnung für seine Aufenthalte in Hamburg angemietet, lebte mit Frau und Kindern aber in Österreich in der Nähe von Salzburg, das heißt, seine Familie lebte dort meistens ohne ihn, der einen guten Teil des Jahres durch die Welt reiste, um ihr die Einlösung des Versprechens abzufordern. Er wusste es nicht, aber es war eine traurige Familie.

Am Jungfrauenthal, wie seine Adresse lautete, trug er sein spärliches Gepäck in die Wohnung im zweiten Geschoss eines nicht besonders schönen und in das Umfeld von Jugendstilbauten wenig passenden Gebäudes aus den 70er Jahren, setzte sich auf das weiße Ledersofa und widmete sich der angefallenen Post.

Die übergroßen Augen rollten phototaktisch über das Papier und erfassten augenblicklich jeden semantischen Lichtfleck, von denen es in der Ödnis üblicher Texte wenige gab. Ein Schreiben, das er schon daheim gelesen hatte, blieb am Ende oben liegen, die Einladung zum heutigen Probespiel im Übungssaal der Konzerthalle. Es war um 12 Uhr angesetzt, sodass Waltl noch zwei Stunden Zeit hatte, welche er an diesem schönen Tag für einen Spaziergang die Alster entlang bis in die Innenstadt zu nutzen gedachte.

Der Hinterbühnenbereich der ehrwürdigen doch etwas, zumal hinten, vernachlässigten Konzerthalle war erfüllt vom Lärm übender Geiger. Ungefähr 20 Kandidaten hatten sich eingefunden und spielten sich nun in den verschiedenen zur

Verfügung stehenden Räumen ein. Alle spielten die gleichen Probespielstellen, jeder für sich suchte den letzten Schliff in seiner Weise sie zu spielen, leise war von ihnen niemand. Mozarts A-Dur Violinkonzert, erster Satz. Ta taa tadl tadl tadl ta taa tönte es wieder aus allen Zimmern. In jedem Winkel lag noch ein Häuflein abgeschabter Töne herum.

Hoffnungsvoll waren sie alle, die Kandidaten, und jung und konzentriert. Die Mehrheit waren Frauen, viele aus Osteuropa. Die Augen waren groß und offen, dunkel und schwer bei den einen, blass und spitz, klein und frech bei den anderen. Bisweilen irrten sie suchend durch die Flure und lasen angestrengt die Aufschriften auf den Türen. Schüchtern reckten sie ihre Hälse nach Orientierung und waren froh, wenn ihnen der fleißige Orchesterdiener Urfer, der im Übungssaal soeben die Stellwände aufgebaut hatte, hinter denen die Kandidaten ihren Vortrag abzuliefern hatten, die Richtung zum Büro oder zur Toilette weisen konnte. Die Kollegen kleckerten ein und nahmen im Saal diesseits der schwarzen Wände Platz. Auch Maestro Waltl spazierte ganz ungezwungen in den Saal, schüttelte herzlich die eine oder andere sich hingebungsvoll herreckende Hand, winkte zur anderen Seite des Saales hinüber, wo die Gespräche seinetwillen unterbrochen wurden, und setzte sich in die Mitte des provisorischen Parketts, denn der Übungssaal wurde trotz seines Namens auch für Aufführungen, besonders kleinerer Theaterproduktionen, genutzt.

Als einer der letzten betrat Stepanowitsch den Saal. Mit großer Freude bemerkte er den Chefdirigenten. Er rief und winkte hinüber, lachte und feixte und bahnte sich seinen Weg zu ihm, um sich, die Hand des Meisters fest umschlossen, neben ihm niederzulassen.

„Verehrter Herr Waltl“, sagte er glatt, „ich freue mich, dass Sie es einrichten konnten, bei diesem wichtigen Probespiel anwesend zu sein. Wieder haben wir die Chance, die Qualität unserer Gruppe, der wichtigsten Gruppe, durch die Anstellung eines guten Geigers zu verbessern.“

„Lieber Stepanowitsch, darum bin ich gekommen“, entgegnete der freudig blinzelnde Dirigent. „Jede Gelegenheit, die Qualität des Orchesters zu verbessern, ist eine gute Gelegenheit. Und was tut der Qualität besser als frisches Blut, unverbrauchter Elan, jugendlicher Mut. Haben wir gute Kandidaten?"

„Ja, einige haben bei sehr guten Leuten an sehr guten Konservatorien studiert. Ich bin besonders gespannt auf zwei russische Bewerber, die von derselben Hochschule wie ich kommen. Ihr Lehrer ist ein Koryphäe. Er war schon da, als ich noch Student war. Aber er hat sich entwickelt und ist jetzt der angesehenste Lehrer dort."

„Ah, Sie meinen, na wie heißt er noch, Sie meinen Dimitriev!"

„Genau den!"

„Nikolai Dimitriev! Ja, ich habe ihn kennen gelernt, als ich ein Jahr lang mein Geigenspiel in Moskau perfektionierte."

„Ein hervorragender Pädagoge!"

„Ja, so berichtete man mir auch damals. Ich konnte leider nicht in seine Klasse. Aber ich habe ihn spielen gehört. Nun, und heute werden wir hören, was es mit seiner Pädagogik auf sich hat."

Waltl lachte.

„Sie werden nicht enttäuscht sein", grunzte Stepanowitsch und beide lachten, um dann zu verstummen und ihre Blicke durch den Saal streifen zu lassen.

Das Probespiel begann.

Der Orchestervorstand, der für den Ablauf von Probespielen verantwortlich war, ergriff das Wort und erläuterte den Anwesenden zum wiederholten Male die Winkelzüge der Probespielordnung, appellierte an das Gewissen der Kollegen, ihre Entscheidungen im Sinne des Orchesters zu treffen, und rief sodann den ersten Kandidaten auf. Jeder Bewerber spielte weniger als drei Minuten. Nur sehr vereinzelt wollten die Orchestermitglieder Teile des zweiten Satzes hören. Es entschied sich, und das war so üblich, das Schicksal der Bewerber sehr schnell. Der erste Satz eines Violinkonzertes von Mozart deckte alle spielerischen Schwächen und Stärken auf. Da gab es kein Vertuschen. Bei diesen Noten lag alles offen, und nach drei Minuten war klar, wer etwas taugte und wer nicht.

Nach dem ersten Durchgang besprach sich, räumlich abgetrennt von den anderen, die Gruppe der Ersten Geigen über das Gehörte. Man einigte sich auf drei Aspiranten, deren Vorträge den Ansprüchen der Orchestermitglieder am ehesten entsprachen und denen man darob eine zweite Gelegenheit bieten wollte, den guten Eindruck zu bestätigen. Die die Identität verhüllenden Stellwände räumte der Orchesterdiener fort, denn nun wurde mit offenem Visier gekämpft.

Die Kandidaten, die eine zweite Chance erhielten – zwei selbstbewusste junge Frauen und ein mit aufgerissenen Augen etwas wirr blickender Mann –, mussten nun auch mit ihrer Persönlichkeit überzeugen. Auch erweiterte sich das geprüfte Repertoire um romantische Orchesterstellen, insbesondere Richard Strauß mit seinen durch Lagen und Saiten oszillierenden Klangkomplexen war hier gefragt. Jeder Vorspieler spielte nun auch einige Minuten länger. Kurz, die eigentliche Prüfung begann erst jetzt.

Man hörte sich die drei an, achtete dieses Mal auch auf Haltung und Bewegung des Körpers in der Musik, manch einer vielleicht auch auf etwas anderes, und beriet dann wieder. Erst die Gruppe für sich, dann das Plenum, dann wieder die Gruppe in Klausur und nach einer halben Stunde unfruchtbarer Diskussion einigte man sich, weil man sich nicht einigen konnte, darauf, das Probespiel zu wiederholen und diese drei ohne jede Frage hochbegabten jungen Musiker zu einem neu anzusetzenden Probespiel nochmals einzuladen.

Waltl und Stepanowitsch waren unzufrieden mit diesem Ausgang, denn sie hatten einen Favoriten, den sie gerne auf Meiers Position gesehen hätten. Es war der junge Mann mit dem etwas wirren Blick, der sich als einer der beiden Russen von der Hochschule des Konzertmeisters entpuppte. Doch, so vermutete zumindest Stepanowitsch, gab es wohl antirussische Ressentiments im Orchester, die eine Zwei-Drittel-Mehrheit für diesen Geiger verhinderten, was ihn allerdings sehr erboste.

„Lieber Stepanowitsch“, beruhigte ihn Waltl, „sehen Sie es als Chance. Das nächste Mal haben wir vielleicht einen noch besseren Aspiranten.“

Stepanowitsch zuckte mit den Schultern. Er hätte die Sache gerne erledigt gesehen. Denn das Schlimmste, was er sich vorstellen konnte, war, dass vor lauter Abwarten kein Kandidat rechtzeitig zur Verfügung stand und am Ende Meier wieder geholt werden musste. Davor sei Gott!

Aber was wusste Waltl schon? Zwar waren sich Dirigent und Konzertmeister einig in dem Bestreben, die Qualität des Ensembles zu steigern, doch neidisch blickte der Russe auf die Kritiken, in denen nur ein Name stand, nämlich der Waltls. Zwar waren Disziplin und Hierarchie die probatesten Mittel, den Klang des Orchesters zusammenzuschweißen, doch Unterordnung war die Pflicht aller, des Ersten wie des Letzten. Waltl predigte zwar klare Ordnung und strenge Disziplin, tanzte jedoch auch sehr gern das eitle Solo des Publikumslieblings, gebärdete sich im Rampenlicht nur allzu gern wie eine selbstverliebte Diva, der die geröteten Wangenknochen mitsamt der Nase dazwischen ob der allgemeinen Verehrung in den Himmel wuchsen.

Zu wenig fiel für den ehrgeizigen Sologeiger ab, vor dessen kalter Nase der Gefeierte nach jedem Konzert im Schlussapplaus den Blumenstrauß als symbolische Prostration empfing. Zu wenig für einen selbstverliebten Disziplinfetischisten, der aus der harten, Weichheit verachtenden russischen Schule kam und noch, man muss sich das immer wieder ins Gedächtnis rufen, bei Schostakowitsch Komposition gelesen hatte.

Wer war schon Waltl? Ein guter Kapellmeister, ja, aber so exakt seine Taktgebung auch war, so richtig seine Hinweise zur Interpretation der Musik auch schienen, den Klang, den Klang – das ist das, was den Hörer als erstes umschmeichelt und mitreißt in die Musik – diesen Klang, den machte er mit seinem gefühlvollen Bogenstrich, mit seinem weichen Vibrato, mit seinem russischen Gemüt. Der Klang war sein Werk, Stepanowitsch' Werk, das nur ihm und nicht diesem Chorknaben am überschätzten Dirigierpult gehörte. Und dafür verlangte er Anerkennung, öffentliche Anerkennung und finanzielle Anerkennung. Stepanowitsch empfand es seiner Position im Orchester und seiner Bedeutung für das Resultat angemessen, vor dem Publikum hervorgehoben zu werden, genannt zu werden, geehrt zu werden. Sein gewichtiger Beitrag an der akustischen Auferstehung des Klangwerks verdiente Ehrung und Bezahlung. Denn sein Leben gab er hin dieser Ehre. Seine Freiheit gab er hin der Etüde. Seine Menschlichkeit gab er hin dem Erfolg.

Armer Geiger Stepanowitsch mit zerfurchtem Gesicht und nikotinverseuchtem Blut. Da steht er im Rampenlicht und neidet gelb dem Jüngeren die Blumen. So nah am Ziel und doch so fern, denn weiter ging es für den Fünfzigjährigen nicht mehr. Auf das kleine Podest, neben dem er Konzert für Konzert saß, würde er nicht mehr steigen. Es war ein Dirigierpodest und den Dirigenten vorbehalten. Stepanowitsch war angekommen am Höhe- und Endpunkt seiner musikalischen Entwicklung. Ihm blieb nur der Neid auf die Podestbenutzer und die Hoffart gegenüber den nachgeordneten Tuttisten.

Waltl war derweil nach Beendigung des Probespiels in das Büro des Landesorchesters gestürmt. Er grüßte freundlich Sekretärin, Orchesterinspektor und Buchhalter, um sogleich in das Zimmer des Intendanten zu treten.

„Lieber Herr Waltl, ich grüße sie!", war aus dem geöffneten Zimmer zu hören, bevor die Tür sich zügig schloss.

Intendant Conzelmann war ein kleiner stämmiger Mann mit verschlossenem Gesicht. Er schien die Nase ständig hochzuziehen, wodurch sich seine Lippen spitzten und nach vorne schoben. Auf der knolligen Nase lag eine unmoderne Brille, die die kleinen Augen in weite Ferne rückte.

Conzelmann, ein siebzigjähriger Ostwestfale, ist durch so viele Kulturbetriebe der bundesdeutschen Nachkriegsgeschichte gegangen, dass er vergessen hatte, warum er sich einst für die Kultur als zu pflügendem Acker entschied. Es war wie eine alte Ehe, deren Feuer erloschen, die darin geschweißte Bindung aber noch intakt war. Seine Spezialität und Quintessenz langjähriger Betätigung als Kulturmanager war die Reduzierung der Kosten, das Zusammenhalten des Geldes und das Drücken der Künstlergagen. Mit nervtötender Penetranz mischte er sich deshalb in jeden noch so unbedeutenden Vorgang in allen Abteilungen ein und mahnte die darin Involvierten zur Sparsam-, nein, Knauserigkeit.

Waltl war genau jener Typus von Kulturmanager zuwider, denn nichts war der Entfaltung des künstlerischen Genius hinderlicher als das kleinliche Schielen auf den Pfennig, als eine Programmgestaltung nach Maßgabe der Banken. Natürlich wollte Waltl, so sehr er sich auch für die Wiener Klassik begeisterte, die großen Werke der Romantik dirigieren, denn die Reifeprüfung eines Dirigenten vollzieht sich an Werken solcher Tonsetzer wie Wagner, Bruckner, Mahler und Strauß. Soeben hatte er Bruckners Neunte absolviert, Mahler Eins und Vier hatte er ebenfalls schon mit dem Landesorchester dargeboten, doch das waren die kleinen Sinfonien von Mahler.

Es stand nun die Zweite an, das heißt, die Verhandlungen zur möglichen Realisierung der Zweiten Mahler hatten gerade begonnen. Ja, die Zweite, das wäre eine Herausforderung, die sich Waltl wünschte. Dieses grandiose Werk voller religiösem Pathos, der aber nie kitschig wirkt, bedeutete für jeden Dirigenten einen Höhepunkt. Schon bei dem Gedanken an jene Stelle im fünften Satz, wo der Chor pianissimo einsetzt mit den ganze materialistische Lebenslügen zum Einsturz bringenden Worten „Was entstanden ist, das muss vergehen. Was vergangen, auferstehen!“ ließ Waltl vor innerer Rührung erzittern. Dann singt der Chor „Hör auf zu beben!“, und gerade an dieser Stelle bebt der Unterkiefer eines jeden emphatischen Zuhörers bei dem Versuch die Tränen zu unterdrücken, die dann bei der Zeile „Bereite dich zu leben!“ hemmungslos losbrechen. Aber der Chor, ja, der Chor, das war das Problem dieses Werkes. Einen guten Chor musste man sich leisten können, und das Landesorchester mit seinen begrenzten finanziellen Möglichkeiten musste sich bei allem Willen, dieses Werk aufzuführen, genau überlegen, was ging und was nicht.

Doch Waltl war hartnäckig. Er wollte unbedingt diese Sinfonie und er wollte noch mehr. Strauß, ja, Richard Strauß gehörte seiner Meinung nach ins Programm und zwar nicht nur Till Eulenspiegel oder Don Juan, nein, er wollte die Alpensinfonie, das in Ton gehauene äußerst üppig besetzte Denkmal für seine Heimat, diese liebe, große, überwältigende Landschaft, das war sein Traum für Hamburg, die Alpen in der Hamburger Konzerthalle erklingen, nein, entstehen zu lassen. Aber noch saß da dieser kleine, verkniffene Pfeffersack, der sich nur für Geld interessierte, und sperrte sich mit der ganzen Dauerhaftigkeit seines Sitzfleisches gegen dieses Werk. Waltl hasste ihn, und deshalb tauschten die beiden Männer brave Nettigkeiten aus, geschwollene Worthülsen, wie es in Kulturbetrieben üblich ist. Es war jetzt nicht der

Zeitpunkt, die dicken Brocken anzugehen, es war ein Höflichkeitsbesuch.

Doch dann kam Conzelmann etwas überraschend doch noch auf eine ernsthafte Angelegenheit zu sprechen:

„Lieber Herr Waltl, Sie wissen ja, dass der Kollege Meier aus den Ersten Geigen in diesem Monat das 65ste Lebensjahr vollendet. Als langjähriges Mitglied des Orchesters erwartet Herr Meier, auch in Zukunft als Aushilfe in den Ersten Geigen bestellt zu werden. Nun ist es aber so, dass gewisse Kollegen sich massiv dagegen ausgesprochen haben, ihn noch weiter zu bestellen. Es gab eine Besprechung der Gruppe und es gibt nun einen Mehrheitsbeschluss, der besagt, dass die Gruppe der Ersten Geigen dagegen ist, Herrn Meier weiter zu bestellen. Wie ist Ihre Meinung zu dem Kollegen Meier und zu diesem Beschluss der Gruppe?"

Waltl, der es gewohnt war, die Musiker akustisch wahrzunehmen, musste einen Augenblick überlegen, um zu realisieren, welcher Geiger gemeint war. Doch als ihm klar wurde, dass es sich um den etwas seltsamen Herren am fünften Pult handelte, kamen ihm auch die akustischen Erinnerungen wieder, denn Meier saß zu nah am Dirigenten, um von diesem nicht bemerkt zu werden.

Er erinnerte sich an die Aufführung der Bruckner-Sinfonie am letzten Sonntag. Er erinnerte sich an seine Versuche, das Piano der Geigen durch Handzeichen noch leiser werden zu lassen und daran, dass das fünfte Pult nicht reagierte. Er erinnerte sich an seine Ansagen bezüglich der Akzentuierungen im zweiten Satz und daran, dass das fünfte Pult immer wieder andere Akzente setzte. Er erinnerte sich an die von ihm gewünschten Phrasierungen und daran, dass am Anfang des dritten Satzes das fünfte Pult mit Abstrich begann, wo alle anderen mit Aufstrich einsetzten. Diese Erinnerungen waren ihm genug, ein Urteil zu fällen.

„Ich unterstütze den Beschluss der Gruppe", sagte er knapp, „wir brauchen junge, leistungsstarke und anpassungsfähige Musiker und keine altersstarrsinnigen Besserwisser."

„Aber so ein gesetzter Rentner könnte eine billige Aushilfskraft sein, und eine mit Erfahrung."

„Das mag schon sein. Aber Studenten sind auch billig, zwar ohne Erfahrung, aber dafür mit Kraft und Ausdauer.

Wir haben uns etwas vorgenommen, dafür brauchen wir Kraft und Ausdauer und Disziplin."

Conzelmann, der im Grunde keinerlei tieferes Interesse an dieser Sache hatte, fügte sich dem offensichtlichen Mehrheitswillen der Geigen und des Dirigenten. Meier als Person war ihm egal. Unangenehm würde es nur sein, dem Unglücklichen die traurige Botschaft mitzuteilen, was seine Pflicht war. Doch auch das traute er seiner gepolsterten Seele durchaus zu.

Und so gingen die beiden Herren zu Tisch, ohne sich bewusst zu sein, mit diesen wenigen Sätzen, das Schicksal Meiers besiegelt zu haben. Mit der Entscheidung der beiden Entscheidungsträger war die existentielle Lücke zwischen Meier und dem Orchester unüberwindbar geworden. Ein disparates Sein verlor den Zusammenhang. Die Idee Geiger Meier war zerstört. Zurück blieb ein Rentner Meier.

Doch Meier ahnte nichts.

5

Meier saß in seiner Küche und betrachtete die orangefarbene Tapete, ohne sie zu sehen. In der Hand hielt er natürlich eine Zigarette, die er von Zeit zu Zeit an den Mund führte und ihre Abgase inhalierte. In seinem leeren Blick lag Hass. Die Begegnung mit dem Konzertmeister beherrschte seine Gedanken an diesem Mittwoch. Er hatte schlecht geschlafen, so aufgewühlt war er.

Was ihn besonders beunruhigte, war das Durcheinander seiner Gefühle im Zusammenhang mit der Auseinandersetzung mit Stepanowitsch. Die starre, festgelegte und strukturierte Realität, in der er gewohnt war zu leben, war in Bewegung geraten und nicht mehr sicher. 27 Jahre hatte sich die Einrichtung der Küche nicht verändert, jetzt kam es ihm so vor, als müsste die Tapete dringend ersetzt werden. Es kam ihm vor, als verhöhnte das Orange, das in obskuren Kontrast zum Furnier der Möbel in dunkler Eiche stand, seine Person, als tönte die Vergangenheit hämisch von ihrer Deplatzierung in der Gegenwart, als stürzte Meier mit dem Design von gestern in den schwarzen Orkus des Vergessens, des Unzeitgemäßen, des Gestrigen.

Etwas war in Gang gesetzt, das sich seiner Kontrolle entzog, das ihn aber unmittelbar betraf. Und das Unerträgliche an der Situation war, dass er nicht wusste, was es war. Der Orlog stand vor der Tür, so wie damals, als er Kind war, und er hatte kein Gesicht, so wie damals, als er sich hinter einer Maske aus Feuer verbarg.

Doch er war kein Kind mehr. Er war ein Mann, er konnte handeln, so sagte er sich, jawohl, er konnte handeln, und er musste nun tun, was seine Hoffnung war. Zwei Männer galt es zu gewinnen, zwei schwierige Männer, gewiss, aber doch Männer und somit im Kern empfänglich für seine Männernot, denn seine Anima, der Motor der Intrige gegen ihn, der war doch diese Frau, dieses Weib, diese Feministin, so dachte er, nein, nicht der Russe, obwohl, man weiß es nie bei diesen Russen, aber nein, diese Frau, sie war der Feind! An die Männer musste er sich halten, an die Männer.

Doch noch war die Zeit nicht reif. Morgen, morgen würde er sie treffen können, das wusste er. Und er würde sie gewinnen, das wusste er auch. Jetzt war es Zeit, die neue Saison vorzubereiten mit einem kleinen Einkauf. Es galt, das Erscheinungsbild aufzupolieren mit einem neuen Frack, neuen Schuhen und neuem Hemd. Schon optisch galt es, die Nebenbuhler auszustechen. Seine Person würde erstrahlen im Glanze des Triumphes, sich durchgesetzt zu haben, und im Triumph galt es, auch äußerlich zu glänzen. Kein Sieger trägt Jeans und Turnschuhe.

Er drückte seine Zigarette aus, stürzte in einem Zug den lauwarm gewordenen Kaffee hinunter und erhob sich. Er trug einen sandfarbenen Anzug mit beigem Hemd. Sein Äußeres gab nie auch nur den geringsten Anlass zu irgendwelchen Klagen. Das Wetter war schön. Er musste keine weiteren Jacken anziehen. Er ging durch den langen Flur zur Wohnungstür, warf noch einen Blick in den als Arbeitszimmer eingerichteten vorderen Raum, in dem die Geige offen lag vor einem Notenständer, wie ihn die Konzerthalle bis in die achtziger Jahre hinein zu benutzten pflegte – das gute Stück hat sich auf verschlungenen Wegen hierher verirrt – und verließ die Wohnung ohne Geige.

„Guten Morgen, Herr Meier!" Auf der Straße begegnete er Handwerksmeister Wegener, der mit zwei Pappbechern

Kaffee vom nahen Bäcker auf dem Weg in seine Werkstatt war. Sein dünnes weißes Haar wehte im lauen Sommerwind um seinen Kugelkopf herum. Sein rundes Lachen kaschierte die Hakennase und ärgerte Meier in diesem Augenblick. Er mochte keine neugierigen Nachbarn, denen der Tratsch der liebste Zeitvertreib war. Wie oft stand dieser Wegener mit Geselle und Lehrling vor seinem Laden, trank Kaffee und tönte Geschichten aus Winterhude, grüßte jeden zweiten und erkundigte sich eifrig nach dem Befinden und den sonstigen Umständen des Lebens, immer auf der Suche nach interessanten Informationen, die bei der nächsten Gelegenheit an dritte weitergegeben wurden.

„Guten Morgen", nuschelte Meier unwillig.

„Herrliches Wetter heute, Kaiserwetter, à la bonne heure!"

„Ja, ja", brachte er als Antwort hervor, um dann seinen Weg in Richtung Bushaltestelle zügig fortzusetzen.

Wegener, der immer eine Art aufgesetzter Empathie für seine Mitmenschen empfand, aufgesetzt, weil im Hintergrund des Interesses an anderen stets die Eigenliebe stand, die den Mitmenschen als Spiegel der eigenen Schönheit verstand, Wegener sah ihm mit sorgenvollem Blick nach, denn seltsam unfreundlich wirkte der Muffel, der er sowieso schon war. Er schaute ihm nach, blinzelte dann in die Sonne, lauschte dem Lüftchen und dachte, wie schön die Welt doch ist und wie unwichtig Meiers schlechte Laune.

Meier trat auf den Mühlenkamp, als ihm ein Kleinkind mit einem Laufrad vor die Füße fuhr, sodass er abrupt stehen bleiben musste.

„He", ereiferte sich Meier prompt. Er zog die Brauen hoch und die Mundwinkel nach unten, er schaute dem Kind böse nach und suchte die Mutter, der er gern noch einen bitteren Blick zugeworfen hätte. Doch er fand sie nicht, und das Kind, das ihn gar nicht bemerkt hatte, setzte seinen Weg fröhlich ob des gerade erst erworbenen Könnens fort.

Diese täglichen Unbilligkeiten zehrten an Meiers Nerven. Diese Menschen überall standen immer nur im Weg oder waren laut oder drängelten oder wollten irgendetwas. Wie ihn die Menschen störten, diese unbegabten Massen, dieser Ichbrei, aus dem heraus nur undeutlich die eine oder andere Individuation von Zeit zu Zeit heraustrat. Ein Ameisenhaufen war ihm das Gewimmel auf der Hauptgeschäftsstraße des Viertels.

Wie er sich zum Misanthropen steigern konnte entlang seiner Ohnmacht, der Bedrängnis zu entkommen, wie er seine Wut aus dem Unterleib heraus entwickeln konnte. Seine Muskeln spannten sich, er biss die Zähne zusammen, sein Blick war auf den Boden gerichtet. Wäre er mit jemandem zusammengestoßen, der andere wäre in hohem Bogen davongeflogen ob der Spannung in Meiers Körper.

An der Bushaltestelle angekommen, stellte er sich abseits des wartenden Pulks. Er kramte aus der Tasche seines Jacketts eine Zigarette hervor, die er sich anzündete. Dann stellte er sich breitbeinig auf und schob das Becken vor. Der graue Blick über seiner spitzen Nase schweifte von links nach rechts und verschoss scharfe Pfeile der Verachtung auf die störende Masse. Die warme Sonne, an der sich die Mitmenschen erfreuten, blendete ihn. Wieder so ein Störfaktor, den er, wäre er Thor, mit dem Hammer ein für alle mal vernichtete, wie er die ganze Welt in seiner Hybris am liebsten zerschlüge mit einem Schlag, mit vielen Schlägen, immer wieder schlüge er, bis endlich Ruhe herrschte und er sich selbst hören könnte mit seiner Geige.

Mit der Geige saß er in seiner Nuss, in der das ganze Universum in seiner endlosen Stille war. Die Sterne und Galaxien schwebten lautlos durch das Nichts, in dessen Mitte Gott Meier zufrieden auf seinem Thron saß und Geige spielte. Er spielte Bach, natürlich, die Partita, er war Bach, Bach war in ihm, denn er war alles hier. Kein Mensch sollte wohnen, wo er war. Selige Einsamkeit, grausame Einsamkeit. Wer verstand seine Töne? Und sehnten die Töne nicht das empfängliche Ohr herbei? Schuf der selbstverliebte Gott nicht den Menschen, um erkannt zu werden von einem halbwegs intelligenten Wesen? Gott war bedürftig? Nein, das war dieser Gott der Weichlichkeit, der in einen Menschen fuhr, um den Menschen seine Liebe zu zeigen, dabei aber nur auf die Liebe der Menschen aus war, ein bedürftiger Gott, ein schwuler Gott, ein Schwächling am Kreuz. ‚Ich genüge mir selbst‘, schrie Meier lautlos in die Nuss, denn es gab keine Luft, die den Schall hätte tragen können. Doch ist die Selbstgenügsamkeit nicht die höchste Form der Onanie? Der Mensch war bedürftig, und dafür hasste Mensch Meier sein Menschsein. Und wie ein Blitz tauchte in seinem Geist das Bild zweier üppiger Brüste auf, die er gestern kurz sah, und gleichzeitig schoss Blut in die Schwellkörper. Er schrie, als sein Universum im Nebel verschwand und die Häuser der gegenüberliegenden Straßenseite auftauchten. Schnell zog er an der Zigarette, der Bus fuhr vor.

Meier saß ganz hinten am Fenster, als der Bus am östlichen Ufer der Außenalster entlang fuhr. Er blickte auf das Gewässer und seine Stimmung hellte sich auf. Die Schönheit seiner Stadt vermochte positive Gefühle in ihm zu wecken. Auf der Alster tummelten sich Segelboote, die schnelleren mit tiefer Krängung, die bedächtigen mit ausgebreiteten Segeln, die Laien schossen in den Wind. Am Ufer zeigten die stolzen Bäume ihr schönstes Grün. Er empfand so etwas wie Heimatliebe.

Seine Stadt Hammonia. Hier lag vielleicht doch ein Grund, in der Welt zu weilen, sie stehen zu lassen. Hier beruhigte sich der lärmende Wahn der Stadt. Keine andere Stadt hatte in ihrer Mitte eine solche Oase der Ruhe, die den Alltag relativierte. Doch, diese Stadt war schön mit ihrem Wasser, den Bäumen, dem weiten Himmel. Und er gehörte zu dieser einmaligen Stadt, der Meier, er war ein eingeborener Teil von ihr, und nicht nur irgendein Teil, er vertrat diese Stadt kulturell. Er stand für die künstlerischen Höchstleistungen, die diese stolze Stadt hervorgebracht hatte.

An erster Stelle natürlich Brahms, dieses Ungetüm an harmonischer Verquickung. Seine Musik war Hamburg, auch wenn er die Stadt floh, weil sie sich traditionell eher für Geld interessierte als für Musik. Und für Brahms stand Meier, der jenen vollendete, indem er ihn spielte. Trotz aller Kaufmannssucht brauchte Hamburg künstlerische Repräsentation gegenüber der Welt oder besser den Handelspartnern.

Und Meier war der Repräsentant, zumindest einer von mehreren, aber ein wichtiger, wie er sich jetzt wieder klar wurde, eben ein Leistungsträger in der wichtigsten Gruppe des Landesorchester, des Orchesters, das für das Land Hamburg stand. Denn Hamburg war ja nicht nur eine Stadt, es war auch ein Land, und für viele sogar die Welt, zumindest ihr Mittelpunkt. Meier repräsentierte dieses Stadtland, dessen Reize ihn hier so unvermittelt berührten. Und er repräsentierte es an herausragender Position. Sein Stolz wuchs. Er musste die Menschen gar nicht hassen, ging es ihm auf, er konnte sie verachten, er konnte sich erheben über sie, er konnte pfeifen auf den Pöbel, denn er stand über dieser Masse.

Wie leicht ihm jetzt wurde, wie sich der Ärger löste, als der Bus die Alster verließ und in das quirlige Viertel Sankt Georg eintauchte. Er musste die Welt nicht zerstören, er konnte ihr entschweben und er tat es doch auch schon lange, indem er sein Leben den Tönen hingab, den Tönen, die dem Holzkasten an seinem linken Ohr entfuhren und alles Gerede hinter einem laminaren Schleier aus Klang verschwinden ließen. Sein Körper entspannte sich, er sank in den Sitz. Die Wangen erschlafften, um sich für ein überhebliches Lächeln wieder zu spannen. Ich bin der erste Geiger Meier und als solcher ein Symbol für den Stolz dieser Stadt. Ich bin der beste meiner Zunft in dieser Stadt. Ich bin einzig. Sein Lächeln verbreiterte sich, die Augen blinzelten hämisch auf die belebte Straße Lange Reihe, durch die der Bus nun fuhr.

Es war schon recht, dass er sich frühzeitig einen Termin beim Herrenausstatter Pflaumbaum in derselbigen Straße hatte geben lassen. Heute würde er seinen neuen maßgeschneiderten Frack bekommen. Vier Wochen musste er bei diesem vielbeschäftigten Schneider warten, bis das Stück fertig war. Heute war der Tag der Anprobe gekommen. Und geläutert von Anflüchten der Weltflucht und Minderwertigkeit konnte er nun das neue Kleid mit der dazu passenden geschwellten Brust probieren. Er stieg aus an der Ecke Danziger Straße. Seine erste Handlung war, sich eine Zigarette anzuzünden. So verharrte er eine Weile auf dem Bürgersteig stehend und betrachtete rauchend das Treiben in dieser lebendigen Straße.

An einem türkischen Imbiss nahm gerade ein Mann ein mit Fleisch und Salat gefülltes Stück Fladenbrot entgegen. Weiße Schuhe, übertriebene Sonnenbrille, unmodische Dauerwelle – ein halbseidener Typ. Eine wohl afghanische Frau ging vorbei, deren Gesicht vollständig verhüllt war. Meier rümpfte die Nase, er verstand den Orient noch weniger als die Russen. Ein Geschäftsmann im Anzug, der ein Telefon ans Ohr hielt, stieg in eine große Limousine ein. Ein Radfahrer mit Funkgerät, ein Kurier, fuhr schnell und regelwidrig auf dem Bürgersteig vorbei. Ein Paar homosexueller Männer schlenderte Arm in Arm an Meier vorbei, beide mit Schnurrbart und Lederhose bestens bemüht, das Klischee zu erfüllen.

Meiers Blick fixierte nun ein Geschäft auf der anderen Straßenseite, in dessen Auslage Puppen in konventionellen Herrenanzügen standen. In Schreibschrift stand über dem Eingang: Pflaumbaum, Herrenausstatter. Er ging hinüber.

Anton Pflaumbaum, der das Geschäft in vierter Generation führte, war ein kleiner untersetzter Mann mit rundem Schädel, der aufgrund einer gepflegten glänzenden Glatze eine perfekte Kugel zu sein schien. Der Familienname war entstanden, als die Ahnen der Pflaumbaums der Mode folgten, ihren Namen zu latinisieren, und den eigentlichen Familiennamen Blei in Plumbum umwandelten. Durch niederdeutsche Verlesung wurde aus Plumbum Pflaumbaum, was den jetzigen Namensträger und Familienvorstand, zumindest was den hamburger Zweig anging, erfreute, da dieser Name eine weitaus größere Werbewirksamkeit entwickelte, als es der Name Blei vermutlich getan hätte.

Anton Pflaumbaum stand mit rotem Gesicht und geöffnetem Kragen in der Mitte seines Geschäfts, in dem der viele Stoff die Geräusche schluckte, sodass man das Gefühl hatte, aus der Stadt heraus zu treten, wenn man seinen Laden betrat. Um seine Schulter hing ein Maßband. Er wandte sich von der Schaufensterpuppe, die er gerade bearbeitete, ab und ging auf Meier, den er natürlich kannte, zu.

„Guten Morgen, Herr Meier. Ihr Stück hängt bereit. Sie werden zufrieden sein. Ein hervorragender Frack. So etwas trägt nicht jeder. Und nicht jeder ist bereit, soviel zu investieren.“

„Es ist ein besonderer Anlass. In diesem Frack werde ich spielen, nicht weil es Dienst ist, sondern weil ich es will. Es ist gewissermaßen ein Freizeitfrack für den besonderen Anlass.“

„Kommen Sie hier entlang.“

Pflaumbaum wies mit seiner Linken den Weg in den hinteren Bereich des Ladens, in dem sich die Umkleideräume befanden. Er schob einen schweren Vorhang beiseite und blieb vor einer Puppe in Frack stehen. Stolz stemmte er die Hände in die Hüften, blinzelte mit seinen kleinen Knopfaugen über die verschwitzte dicke Nase hinweg und erwartete die Begeisterung des Kunden. Dieser blieb ehrfurchtsvoll stehen. Er zog die Mundwinkel weit nach unten und nickte mehrmals andante.

„Alle Achtung", brachte er seine Anerkennung schließlich auch sprachlich zum Ausdruck, „eine feine Arbeit. Meister Pflaumbaum, Sie sind der Beste."

Pflaumbaum, der jetzt hektisch lächelte, packte Meier am hinteren Kragen, um ihn zu zwingen, das Jackett abzulegen und endlich den neuen Frack anzuprobieren. Meier wehrte sich nicht. Er überließ dem Schneider das Sommerjackett und nahm von demselben die Frackjacke in Empfang. Er steckte die Arme in die Ärmel, breitete sie aus, schüttelte die Schultern und zog schließlich am Revers die Jacke in ihre Position. Sie passte wie angegossen.

„Hervorragend, Pflaumbaum, ganz hervorragend. Der passt."

Er hob die Arme und nahm die Position ein, die er beim Spielen der Geige innehat. Dann tat er so, als würde er spielen, was einer gewissen Komik nicht entbehrte. Doch schnell hörte er wieder auf, um festzustellen:

„Phantastisch, da drückt nichts, der ist ganz leicht und weich. Wie haben Sie das nur gemacht?"

„Das ist mein Künstlergeheimnis, Herr Meier. Kommen Sie, probieren Sie auch die Hose, das Hemd und den Kummerbund."

Er komplimentierte Meier in die Umkleidekabine und schloss den Vorhang. Gespannt wartete er vor der Kabine auf den Geiger im vollen Ornat. Schließlich trat dieser hervor. Pflaumbaum lachte und klatschte in die Hände:

„Bravo, Herr Meier, Bravo, Maestro! Sie sehen wundervoll aus!"

Meier sonnte sich in dem Applaus und lächelte selbstgefällig. Er ging einige stolze Schritte, bei denen er sich besonders gerade machte. Die Brust emporgeschwollen, das Kreuz breit trat er vor einen üppigen Spiegel und musterte die Staffage.

Zuerst fiel sein Blick auf den Kummerbund in der Mitte seines Körpers. Er war schwarz und fein gerippt. Seine Ränder hingen nicht herab, sondern schmiegten sich elegant an den Bauch des Trägers. Der glänzend schwarze Stoff verlieh dem Bauch eine Würde und Wichtigkeit, die diesem durchaus zukam, denn dort in der Mitte des Körpers unterhalb des Nabels glühte der Reaktor der Kreativität.

Jede Armbewegung mit dem Bogen, jeder Griff eines Fingers der linken Hand war verbunden mit diesem Kern. Hier glomm die emotive Glut, das innerste Eisen der Musik. Hier wurde sie erschaffen und verstanden. Der Sinn des Kummerbundes als Kleidungsstück lag einzig darin, diesen Kern zu schützen und zu wärmen, zu wiegen und zu bündeln. Und wenn Meier im Konzert saß und sich hineinversenkte in das Werk und in das Spielen, dann brannte dieser Bereich seines Körpers lichterloh wie ein eingeheizter Ofen, und der Kummerbund bündelte diese Flamme, war steinerner Schamott der Leidenschaft, hielt die Lohe und hielt auch Meier auf dem Stuhl, der andernfalls emporzuschießen drohte wie eine Rakete.

Was waren das für ahnungslose Ignoranten, die ihn damals entfernt wissen wollten aus dem Orchester, nur weil im Feuer der Hingabe er seine Blase nicht mehr halten konnte und der Urin leise auf die Bühne lief. Damals 1974, als ihm wegen solcher Nichtigkeiten gekündigt wurde, wegen angeblicher Alkoholprobleme, dabei hatte er sich immer unter voller Kontrolle! Und um das zu beweisen, diesen Intriganten zu beweisen, hörte er damals einfach auf zu trinken. Er übte wie ein Student im ersten Semester und legte schließlich ein neues Probespiel ab. Und dieses Probespiel im Februar 1975, das Probespiel für seine eigene Stelle, bestand er mit einer solchen Bravour, dass er sofort genommen wurde, und mehr noch, alle, die ihn hassten, die ihn loswerden wollten, mussten Abbitte leisten und sich entschuldigen, welch Genugtuung! Einziger Wermutstropfen, er durfte nicht mehr an das erste Pult, er musste mit dem fünften Vorlieb nehmen. Aber er verstand es hervorragend, diese in der Nähe des Dirigenten befindliche Position mit dem Gewicht eines ehemaligen Konzertmeisters zu beschweren.

Meier fühlte für eine Sekunde, das Bedürfnis zu urinieren, als er so auf den Kummerbund schaute. Doch war es nur ein Reflex. Sein Blick glitt empor zum Hemd. Strahlend weiß und faltenlos und am Hals gekrönt von einer perfekten Fliege, breitete es sich über seine Brust aus. Der Stoff war stramm und glatt, dabei aber in keiner Wiese steif, im Gegenteil, samtweich und geschmeidig umflog dieses fast schwerelose Hemd den Körper des Geigers. So musste es sein, wollte man in diesem Hemd die körperliche Höchstleistung der Interpretation einer spätromantischen Sinfonie ableisten.

Meister Pflaumbaum kannte die Bedürfnisse seiner ganz besonderen Klientel. Und kein zweiter Schneider im erweiterten Raum zwischen Nord- und Ostsee verstand es, seine Produkte so elegant ihrem Zweck und ihren Benutzern anzupassen. Meier zog die Ärmel des Hemds herunter. An ihnen fehlten die Manschettenknöpfe, die er zur Anprobe nicht mitgebracht hatte.

„Sie sollten besonders edle Knöpfe tragen“, sagte Pflaumbaum, als er die offenen Ärmel bemerkte.

„Machen Sie sich keine Sorgen. Meine Manschettenknöpfe sind Erbstücke von meinem Großvater. Sie wurden 1893 in Wien von einem Goldschmied hergestellt, der in Verbindung mit der Wiener Session stand. Angeblich kannte er Klimmt. Auf jeden Fall sehen sie nach Jugendstil aus und sind aus hochwertigem Gold.“

Meier wandte seinen Kopf in Richtung des Schneiders und erwartete überlegen lächelnd die bewundernde Huldigung. Doch Pflaumbaum war saturiert genug, um sich von solchen Angebereien nicht beeindrucken zu lassen. Sein Haus in den grünen Walddörfern war voll von edlen Erbstücken. Er reagierte nicht.

Meier untersuchte indessen die Frackjacke im Spiegel. Auch an diesem Stück war nichts auszusetzen. Glatt und abgrundschwarz matt ummantelte sie seine Schultern. Er blickte in ihre Schwärze wie in ein Loch in der phänomenalen Welt. Und für einen Augenblick versank er in dem schwarzen Nichts, das seine Arme empor kroch. Die Welt um ihn herum verschwand und aus der Dunkelheit trat eine Gestalt auf ihn zu, der er schon begegnet war. Der Mann trug schwarze Kleider und hatte ein verhülltes Gesicht.

„Nimm dein Schwert und kämpfe! Nimm, was das Deine.“

„Wer bist du?“, fragte Meier in die Nacht, doch der Bemäntelte schwebte schon davon und hinterließ in Meier ein warmes Gefühl der Stärke.

Diese Gestalt war sein Engel, sein Schutzengel. Anders konnte er sich die Erscheinung nicht erklären. Er war also nicht allein, er hatte Beistand im Kampf um seine Profession. Und er wollte dem Kampf gewiss nicht ausweichen. Die Beleidigungen des Russen steckte er weg, er hatte keine Macht. Und diese Frau würde er schon mittels der anderen Männer ausbooten. Sein Bogen war sein Schwert, und solange er diesen hochhalten und mit seiner Hilfe Töne erzeugen konnte, würde er seinen Platz an der vorderen Kulturfront verteidigen.

Morgen hatte er einen Termin beim Intendanten, dann würde man sehen, wie weit das Intrigennetz des Fräulein Picht tatsächlich reichte. Ihre Anwürfe würden zerplatzen wie eine Blase, dessen war er sich gewiss. Und mit diesen schönen neuen Kleidern würde er so manchen Naseweiß ausstechen auf dem Schlachtfeld der bloßen Form.

Er sah sich im Spiegel an und grinste. Er gefiel sich so gut, ja, er war verliebt in sein Spiegelbild, leidenschaftlich verliebt. Sein Blick glitt herab bis zu den Füßen, die zu seinem Entsetzen nur mit Socken bedeckt waren.

„Pflaumbaum", rief er, „die Schuhe!"

Pflaumbaum, der auch die zu den Ausstattungen passenden Schuhe vertrieb, reagierte sofort und hektisch. Schnell brachte er das für Meier bereitgestellte Paar hochwertiger Lackschuhe und reichte sie dem Geiger. Der zog sie eilig an und stellte sich erneut vor dem Spiegel auf. Jetzt war alles perfekt. Die Lackschuhe glänzten.

Er genoss seinen Anblick und erinnerte sich an sein erstes Konzert mit dem Landesorchester. Damals, 1959, war er ein junger Haudegen gewesen, der vor Kraft strotzte und die Geige im sicheren Gefühl der eigenen Perfektion führte. Mit dieser Sicherheit war er in das Konzert gegangen, in dem Beethovens Siebte geboten wurde. Er erinnerte sich an die Leidenschaft, mit der er den zweiten Satz erlebt hatte. Er hatte am ersten Pult direkt neben dem Dirigenten gesessen und die Geigen zu klanglichen Höhen geführt, als in der Loge im ersten Rang vis-à-vis von ihm ein Mann, dessen linkes Bein fehlte, die Augen schloss und in sich zusammensackte. Der Mann war an einem Gehirnschlag gestorben, wie er später erfahren hatte.

Doch der junge Meier verband dieses Ereignis auf mystische Art mit seiner geigerischen Darbietung. Er dachte, er hätte jemanden durch die Schönheit seiner Interpretation so ergriffen, dass dieser am Schwalle seiner Gefühle starb. Doch das erschreckte ihn nicht, nein, es erfüllte ihn mit Stolz, es ließ sein Selbstbewusstsein wachsen. Eine selige, teuflische Gabe machte er in den unbekannten Tiefen seiner Künstlerseele aus, von der er zuvor nichts geahnt hatte. Er konnte durch den Ton seiner Geige nicht nur Herzen erweichen, sondern auch brechen und zwar im Sinne des Wortes. Er konnte mittels Klang töten.

Meiers Augenbrauen, die aufgrund ihres spitzen Bogens und der nach oben weisenden Enden einem Teufel durchaus stünden, zogen sich genüsslich hoch und intensivierten dabei noch ihre fliehenden Spitzen. Er hatte lange nicht mehr an diese ehemals eingebildete Fähigkeit gedacht, doch nun schien es ihm angemessen, den Teufel in seinem Herzen zu wecken. Er hatte Lust zu töten. Der faulige Untergrund seines Seelenlochs, da wo über Jahrzehnte der Kehricht des Hasses heimlich verscharrt wurde, kochte, und eine Lavablase hatte sich gebildet, ein Hot Spot tief unter der schwimmenden Kruste des Lebens, die sich auf einen gewaltigen Ausbruch vorbereitete.

Die äußere Form für diesen Ausbruch, für seine Attacke, war nun perfekt. Noch einmal schob er die rechte und dann die linke Hüfte vor, um die passgenaue Form seines neuen Fracks zu überprüfen. Alles war perfekt. So konnte er sich stellen. Hochzufrieden wandte er sich an Pflaumbaum:

„Meister, die Rechnung!"

6

Eine alte Frau lag tot in ihrem Bett. Die Arme lagen schlaff und aufgequollen an den Seiten. Die Augen waren halb geöffnet und blickten nach oben. Ihre Farbe wich. Der Kiefer war lose und hing quer. Die Haut, die gerade noch tief gelb war, bleichte aus. Sie wurde grau.

Meier betrachtete seine tote Mutter, ohne zu denken, ohne zu fühlen, ohne irgendetwas zu verstehen. Was er wahrnahm, war der Widerwillen gegen den Geruch. Er ekelte ihn an. Und dieser unangenehme Geruch ließ ihn jedes Mal erwachen, wenn er das Bild seiner toten Mutter träumte. Es kam zwar nicht oft, doch regelmäßig vor. Und jedes Mal füllte der Geruch die Leere aus, die er achselzuckend in der Ödnis seiner Gefühlswelt betrachtete.

Dieser üble Geruch der Transformation. Meier dachte die Formen starr. Was war, stand still. In seiner Welt durfte nichts vergehen und so schloss er das Vergehen aus. Dinge und Personen tauchten auf und verschwanden, aber sie entstanden und vergingen nicht. Er verkannte die Welt, der arme Geiger Meier, in der doch alles stets im Wandel war.

Doch seine Schwäche war allzu menschlich. Aus Angst hielt er fest, was er hatte, und verneinte, was ihn ängstigte. Und die größte Angst machte ihm die Angst, die darum im Verlies der Kontrolle eingesperrt war schon viele Jahre, ein ganzes Leben. Und wenn der Geiger durch das Schlüsselloch einen Blick in dieses Verlies warf, wurden ihm die Knie weich, der Schweiß kroch auf die Stirn und ihm wurde übel.

Drum ließ er es und suchte den geheimen Raum, den nie ein Mensch betrat, zu vergessen, was er nicht konnte, denn das Echo der klagenden Sorge hallte ebenso lästig durch seine Wüsten, wie der verdammte Gestank aus den Poren trat. Er verachtete das wesenhaft Schmutzige am Menschen, das Gebrochene, das Wollüstige, das Schweißhafte, die Furchensäfte und Sekretionen. Er sehnte sich den Menschen figürlich, aus veredeltem Material geformt und nicht aus Lehm. Der Kunstkopf war sein Ideal, geformt aus durchsichtigen Polypeptidketten, hart, elegant, tot.

Das erste, was er an diesem Donnerstag von der realen Welt wahrnahm, war ein Flugzeug, das sich im Landeanflug auf den Hamburger Flughafen befand. Es war die Frühmaschine aus Wien. Er wusste nicht, dass der kurzsichtige und kindhafte Orchesterleiter, dessen außergewöhnliche Begabung, man könnte auch sagen Unbegabung, nämlich zu raufen und zu tollen mit den anderen Buben, mithin zum Mannsein, ihn zu einem großen Könner der Musik machte, an Bord eben jenes Flugzeuges saß und nichts ahnend darauf wartete, Meiers Ambitionen den Garaus zu machen.

Meier lauschte eine Weile in die Stadt, ihr ohrwurmender Verkehr, ihre akustischen Exkremente, der kakophonische

Müll der Straße, die Stimmen der Unbedeutenden und dem Vergessen Geweihten, wie ein kristaller Splint steckte ihm der Weltschall bisweilen in der Stirn und drang in sein sensibles Gehirn. Hinter den Augen begann der Schmerz zu vibrieren. Ein diffuses Flimmern der Nervenbündel, plötzliche Sprünge geladener Teilchen wie Blitze, Kalium-Ionen-Stürze und osmotische Salzsäureschwemmen, synaptischer Transmittermangel und Arterienverengung am Hypothalamus. Meier rieb sich die Augen. Kein guter Anfang für einen Tag des Triumphes.

„Ruhe! Ich will endlich Ruhe haben", schrie er und warf sich rückwärts in sein Kissen, als ihm die semantische Weite dieses flehenden Wunsches bewusst wurde.

Er riss die Augen auf. Wollte er wirklich Ruhe? Das hieße ja auch, keine Musik mehr hören noch spielen. Ja, das implizierte Ruhe, totale Ruhe, wirklich nichts mehr, sich verlieren im Nichts, spazieren am endlosen Nordseestrand und die Sonne im geahnten Meer versinken sehen und nichts hören als Wind, Luft, alles ist Luft, aufgelöst, verweht.

Und Meier ahnte in einer überraschenden Anwandlung die Süße der Pflichtentbindung, die existentielle Gelassenheit der Aufgabenlosigkeit, die mediterrane Genügsamkeit des Laisser-faire.

Und wie er versank in seinem Kinderbett, stand die eben noch tote Mutter auf und legte ihre warme Hand auf das Haupt eines weinenden Jungen, der den Fliegeralarm nicht verstand, der das Dröhnen der nahenden Staffeln nicht verstand, der das Krachen der Bomben nicht verstand und einfach nur unbeschreibliche Angst litt. Die Berührung der Mutter, ihr Geruch, ihre tröstende Stimme, alles war plötzlich präsent, als wäre das gesamte Leben danach nur ein schwarzes Nichts. Alle Muskeln erschlafften.

Warm wurde der Unterleib, und in dieser umfassenden Lösung entleerte die Blase den bitteren Saft. Meier fühlte sich leicht und erleichtert. Er glitt in einen Zustand zwischen Wachen und Schlaf. Milliarden Ionen im zentralen Nervensystem fielen gleichförmig herab, sodass ein weißes Rauschen Meiers Bewusstsein mitriss in kontemplative Gleichgültigkeit. Und ein fernes Echo von Urvertrauen und Geborgenheit versetzte die narbigen Saiten seiner Seele in heimliche Schwingung.

Ruhe. Rente. War es nicht doch eine Verlockung, den Ehrgeiz sausen zu lassen? Den Ehrgeiz, der nun keinen materiellen Sinn mehr hatte, denn versorgt war seine Generation im Ruhestand vorzüglich. Alles fahren lassen, sich zurücklehnen und rauchen und mit Kuhn das kulturelle Leben der Stadt aufmerksam verfolgen. Seine erschöpften Nerven sehnten die Ruhe, die ihnen Meiers Ehrgeiz und Geltungsbedürfnis schon so lange verwehrten. Und für einen Augenblick hielt er den Atem an, um sich fallen zu lassen in der Vorstellung der Untätigkeit.

Doch dann strömte neue Luft in seine Lungen und zerriss das Dämmernetz, das sich auf seinen Geist gelegt hatte. Er öffnete die Augen, ohne sich zu bewegen. Dann schob er die Augenbrauen zusammen. Er spürte die Lache im Laken und sammelte Hass auf die Schwäche, die ihn für Sekunden ritt. Und je tiefer die Falten am Ende seines Nasenbeins wurden, desto lauten klingelte hinter den Augen der Schmerz am Bewusstsein.

Langsam schob er die Decke beiseite und richtete sich auf. Er streifte den Schlafanzug ab und begab sich ins Bad, wo er duschte. Ausgiebig duschte er. Viele Minuten ließ er das lauwarme Wasser seinen Körper umspülen. Er musste sich reinwaschen von der Schwäche, der Versuchung, der Nachgiebigkeit.

Er wusste nicht, aus welchem Abgrund seiner Seele die Stimmen der Resignation sprachen, er kannte diesen Ort seiner selbst nicht. Er kannte eigentlich nur seine gestirnte Nuss, die er mit seinem tonlosen Geigenspiel zu füllen suchte. Ein blindes, verzweifeltes Tun. Er kannte so viele Orte nicht. Und jetzt wusch er seinen fremden Körper, den er so perfekt dressiert hatte. Er wusch sich und gewann wieder ein wenig Vertrauen in seine Stärke. Dann nahm er eine Kopfschmerztablette, zog sich an und machte sich einen Kaffee. Mit dem dampfenden Becher in der Hand setzte er sich in die Küche und betrachtete die orangefarbene Tapete.

Die Sonne schien. Weiße Wattewolken zogen vereinzelt vorbei. Vögel zwitscherten vor dem Hintergrundrauschen der Stadt. Meier zog die Nase hoch. Es ging ihm besser. Er hatte keine Zweifel mehr, dass es seine Berufung war, weiter im Orchester zu spielen. Er betrachtete den neuen Frack, der im Flur an der Garderobe hing. Er hatte sein Leben der Musik hingegeben. Das war unumstößlich. Kein Arbeitszeitgesetz konnte an dieser Tatsache etwas ändern. Und wenn er an dieser Bestimmung sterben würde, blieb es doch seine Bestimmung, unumkehrbar, unverrückbar, unbeendbar.

Um drei Uhr heute Nachmittag hatte er seinen Termin mit den Männern, mit dem Intendanten, den er für eine Krämerseele hielt, und mit dem Chefdirigenten, den er als Musiker schätzte, ansonsten aber für einen Schwächling hielt. Aber es waren doch Männer. Sie würden ihn verstehen, dessen war er sich gewiss. Sie würden die männliche Treue zur Lebensaufgabe verstehen und goutieren. Sie würden den Gehorsam gegenüber der Sache bewundern, wie alle Männer Durchhaltevermögen, Unnachgiebigkeit und Hartnäckigkeit bewunderten. Sie würden seine leidenschaftliche Liebe zur Musik verstehen, weil sie diese Leidenschaft teilten, teilen mussten in ihren Positionen. Sie würden, ja, sie würden es schon richten, die Männer, gegen diese Frau.

Meier nippte an seinem Kaffee. Er schaute auf die Uhr. Neun Uhr. Es war noch viel Zeit. Er nahm sich vor, den Vormittag mit Etüden zu verbringen. Zwei, drei Stunden Üben konnte seine Laune erheblich steigern.

Er nahm eine Zigarette aus der auf dem Tisch liegenden Schachtel und steckte sie sich an. Der Geschmack des Tabaks verband sich mit dem des Kaffees auf eine wohltuende Art. Er hob die Oberlippe und sog den Rauch durch das Gebiss. Er liebte das Rauchen. Und augenscheinlich hatte es auch keine negativen Auswirkungen auf seine Gesundheit. So blies er den Rauch in das Sonnenlicht, das von der Seite in seine Küche fiel, wo er sich in Windungen dem gekippten Fenster näherte und schließlich ins Freie drang. Noch sechs Stunden. Er würde eine halbe Schachtel sicher noch rauchen.

Das Telefon klingelte und erschreckte Meier, der mit diesem Ereignis nicht gerechnet hatte. Es dauerte eine halbe Sekunde, bis er das Geräusch dem Apparat zugeordnet hatte. Die Lider senkten sich zur Hälfte. Er überlegte, wer ihn jetzt anrufen könnte und ob er den Anruf annehmen sollte. Was würde er bringen in der heiklen seelischen Verfassung, in der er sich gerade befand? Würde er ihn aufheitern, ihn unterstützen, ihn bekräftigen in seinem Wollen? Oder würde es ein Anruf sein, der ihn zurückwirft, neue Zweifel nährt und das Selbstbewusstsein kratzt? Jeder Schritt musste wohl überlegt sein und doch überlegte er nicht gut, denn dann hätte er sich entschieden, den Anruf zu verwerfen.

So war es denn auch eher eine spontane Bewegung, ein unkontrolliertes Nervenzucken, das ihn nach dem fünften Klingeln aufstehen ließ, obwohl er ahnte, dass er es nicht tun sollte. Die Neugier war größer und stärker. Sie konnte die Muskeln gegen die Vernunft bewegen. Und in dem Augenblick, da sie es tat, wurde es dem erleidenden Subjekt auch gewahr, dass Es mit ihm ging.

Handelte er je vernünftig oder besser vernunftgesteuert, überlegte Meier während der vier Schritte zum Telefon. Er hatte aufgehört, Alkohol zu trinken, er selbst, mit der Kraft seines Willens. Oder war es gar nicht sein Wille, sondern die Angst? Die Angst, nicht mehr geigen zu dürfen? Oder war es die Eitelkeit? Die Eitelkeit, auf der Bühne zu sitzen und sich vom Applaus umbranden zu lassen? Oder war es der Hass? Der Hass auf die Neider, denen das eigene Unrecht vorzuführen galt? Oder war es irgendein anderer Affekt, der sich sprachlich gar nicht genau zuordnen ließ? Er spürte ja, dass die Muskulatur aktiviert wurde, mithin gehandelt wurde, ohne eine willentliche Entscheidung. Es wurde in ihm entschieden, und er war nicht der Herr dieser Entscheidungen. Was für eine entsetzliche Vorstellung für einen Geist, der in die Kontrolle verliebt war!

Doch diese Gedanken wimmelten eher im feinstofflichen Reich der Gedanken, aus dem sich der menschliche Geist zu bedienen pflegte, und streiften Meiers Bewusstsein nur leicht. Die ganze selbstzerrstörerische Konsequenz derlei Erkenntnisse drang nicht zu ihm vor. Der Geist richtete sich auf das Telefon, das seine rechte Hand nun griff.

„Meier", sagte er kurz und mit vernehmbarem Unmut. Es war Kuhn.

Wie es ihm denn ginge. Er habe gehört, dass er eine Auseinandersetzung mit dem Konzertmeister hatte. Sie wurden wohl beobachtet. Worum es dabei denn ging und wie sich der Konzertmeister denn verhalten habe. Ob es schon eine Entscheidung gäbe in seiner Sache. Ob er an seinem Entschluss, weitermachen zu wollen, festhalte. Ob er sich seine Anmerkungen zu diesem Thema zu Herzen genommen habe.

„Nein, nein", stammelte Meier etwas hilflos den aufgeregten Fragen seines Freundes immer wieder entgegen.

„Nein, es ist noch nichts entschieden, aber eins steht fest, ich will weitermachen! Das weiß ich ganz genau. Und da brauchst du mir auch gar keine komischen Andeutungen zu machen! Tut mir leid, aber das ist meine Entscheidung.

Und dieser Stepanowitsch, na wer hat uns denn da nun wieder gesehen und dann gleich rumerzählt, hä? Der wollte halt nichts sagen darüber, wer was über mich lästert. Und dann hat er noch die Frechheit gehabt, mein Spiel zu bemängeln, ich müsste mich der Gruppe anpassen und so, müsste mich seinen Vorgaben fügen und würde das nicht genug tun. Das ist doch Quatsch! Und da hab ich mich halt etwas aufgeregt, nichts weiter. Der hat sonst aber nichts weiter gesagt zu dem Thema, ob ich weitermache oder nicht. Der ist schwer einzuschätzen.

Aber ich glaube, mein größter Gegner ist und bleibt diese Frau Picht, neben der ich jetzt jahrelang sitzen musste. Die hat gewiss agitiert gegen mich im Hintergrund. Du weißt ja, wie die Frauen das machen, keine Unterhose anziehen und so, dass der Dirigent auch ja was zum hingucken hat. Die verspinnen die Männer und hinterher tanzen sie ihnen auf der Nase herum, so sieht das aus.

Die Frauen sind der Untergang der deutschen Orchesterkultur, das weißt du, das hast du selbst erlebt in deinem Laden. Und jetzt hat es mich erwischt, jetzt will eine mich rausdrängeln. Aber das wird sie nicht schaffen! Heute Nachmittag habe einen Termin mit Waltl und Conzelmann, da kommt alles auf den Tisch. Und pass mal auf, wenn man unter Männern spricht, sieht das alles schon ganz anders aus. Ich werde das schon schaukeln."

Kuhn, der sich Meiers Monolog schweigend angehört hatte, hatte nun, da Meier innehielt, dazu nichts zu sagen.

Er dachte an das, was ihm zugetragen wurde, dass Meier nämlich im letzten Jahr, was die Qualität seines Spiels anging, erheblich abgebaut hatte. Dass er stur und uneinsichtig seine eigenen Vorstellungen von der Umsetzung des Werkes durchzog. Dass seine Sturheit groteske Züge annahm, reziprok zur Qualität seines Tons, seines Striches, seiner Sicherheit. Einige Stimmen, auch solche, die Meier wohlgesonnen waren, hatte er gehört, die von einem erheblichen Abbau seiner Leistungen gerade in der letzten Saison sprachen.

Und nun war Kuhn erschüttert über Meiers Unfähigkeit zur realistischen Selbsteinschätzung. Er hatte versucht, ihm das Rentnerdasein schmackhaft zu reden, sodass Meier selbst auf die Idee käme, es zu lassen. Doch vergebens. Meier war auf seinem Weg festgefahren. Und Kuhn konnte und wollte ihm auch nicht mitteilen, was schon längst im Orchester über ihn gedacht und geredet wurde. Das konnte er nicht. Das verbot ihm seine Höflichkeit, seine dezente hanseatische Zurückhaltung.

Er wusste nicht, was er jetzt sagen sollte. Sollte er seinem Freund die bittere Wahrheit sagen und ihn ins Unglück stürzen, oder sollte er wider besseres Wissen zu ihm halten und ihn in seiner Entscheidung stärken? Beide Möglichkeiten gefielen ihm nicht. Und so entschied er sich für eine halbe Lüge und für ein Viertel Wahrheit:

„Na, wie du meinst, mein Alter, ich täte es mir ja noch mal überlegen, aber gut. Du musst wissen, was du tust. Ich wünsche dir viel Erfolg beim Intendanten heute. Du wirst das schon schaukeln, gewiss.“

Als Meier den Hörer auflegte, überkam ihn ein leises Gefühl der Unsicherheit. Kuhn hörte sich nicht sehr zuversichtlich an. Er hatte schon am Sonntag den Verdacht, er wisse etwas, das er ihm nicht sagen wollte. Diesen Zustand fand er unerträglich. War er sein Freund, oder nicht? Freunde verbergen doch nichts voreinander. Was sollte das?

Überhaupt war Kuhn ein seltsamer Mensch. Über vierzig Jahre kannten sie sich. Während ihres Studiums in den Fünfzigern hatten sie zusammen im Café Keese zum Tanz aufgespielt. Viel hatten sie gemeinsam erlebt. Aber viel geredet hatten sie nie. Und nun kam ihm das Gefühl, diesen Menschen eigentlich gar nicht zu kennen, nach so vielen Jahren. Denn er hielt ihm etwas vor, das spürte er. Auch diese Stütze war also nicht mehr sicher.

Nichts war mehr sicher. Wie Meier diese Erkenntnis hasste. Und war es sonst Wut, Wut, die er über Jahrzehnte gezüchtet und gehätschelt hatte, die in Augenblicken wie diesen ihn explodieren ließ, so mischte sich jetzt zum ersten mal Verzweiflung in seine Stimmung. Und Angst.

Er blieb ruhig. Äußerlich reagierte er gar nicht. Er ging zurück in die Küche und nahm sich eine Zigarette. Er blickte auf den Terrazzoboden. Noch fünf Stunden. Sollte er wirklich Etüden üben? Seine linke Schulter verspannte sich bei dem Gedanken, Geige zu spielen. Er setzte sich. Der Kaffee in seinem Becher war inzwischen lauwarm. Leer starrte er durch das Fenster in den Innenhof. Es wäre besser gewesen, nicht ans Telefon zu gehen. Er bekam Bauchschmerzen. Der Darm verkrampfte sich und eilig schlich er auf die Toilette.

Dann wagte er sich in die vorderen Zimmer. Im Arbeitszimmer lag die Geige im offenen Kasten. Er betrachtete sie lange. Schließlich nahm er sie und den Bogen. Er spielte irgendwas und war entsetzt über den schlechten Klang und die falschen Töne. Was für ein grauenhafter Tag. Er legte die Fiedel, denn so klang sie jetzt, beiseite und trottete zurück in die Küche.

Was tun, Mensch Meier? Heute Nachmittag willst du überzeugen.

Er schaltete das Radio ein. Eingestellt war Deutschlandradio Kultur, wo die erste Sinfonie von Brahms gesendet wurde. Sie hatte gerade begonnen. Die dröhnenden Donnerschläge am Anfang entsprachen seiner Stimmung und drückten seine Schultern noch tiefer. Ein Häuflein Elend, das da am Küchentisch kauerte.

Er versenkte sich in die Musik, denn er wusste, wenn ihm jetzt etwas helfen konnte, dann die Musik. Und so zerfloss er mit den wilden Modulationen der komplizierten Partitur, fühlte die kurztaktigen Melodien die Luftröhre hochsteigen, so beatmet waren sie, so beseelt, bevor sie hinter- und tiefgründig in Durchführungen verarbeitet wurden. Solche Themen und Durchführungen, Expositionen und Reprisen vermochten nur die größten Musikmeister zu komponieren.

Er legte seine Stirn in die auf dem Tisch liegenden Hände und schloss die Augen. Sein Atem war jetzt flach und feucht. Speichel sammelte sich im Mund, den er von Zeit zu Zeit aber immer spät schluckte. Vor seinem geistigen Auge tauchten die vielen Konzerte auf, in denen er die erste Brahms verwirklicht hatte. Es waren viele. Und immer ging er in diesem Werk auf, so schwierig und konzentriert es auch zu spielen war.

Der innere Bogen der Sinfonie begann bei peinlichster Not und tiefstem Weltschmerz und endete in erhabener Welterkenntnis, stolzer Liebe und Zuversicht. Gerne wollte sich Meier nun mitreißen lassen von dieser Musik, wie er sich immer mitreißen ließ in all den Konzerten und mit einem gewissen, manchmal geheimen Grad an Katharsis aus ihnen hinausging.

Er erinnerte sich an einen heißen Sommertag Ende der sechziger Jahre, als er und sein Orchester diese Sinfonie in Ratzeburg im Dom spielten. Er trank damals noch Alkohol und hatte bei einem Umtrunk zu Ehren des Orchesters vor dem Konzert schon mehrere Biere getrunken. Wegen der Hitze stiegen ihm diese jedoch stärker zu Kopf als sonst und so verschwammen in der dunklen Kirche die Noten vor seinen Augen zu schwarzen Flecken. Da er noch am ersten Pult saß, konnte er sich aber auch nicht davonstehlen, was ein Tuttist am letzten Pult durchaus hätte tun können.

Er trug also vor dem Konzert, als er merkte, dass seine Verfassung zu heikel für dieses Konzert war, ein wenig Seife auf seinen Bogen auf, was zur Folge hatte, dass kein einziger Ton seiner Geige entwich, so sehr er auch mit dem Bogen über die Saiten strich. So schauspielerte er mit ziemlich heiterem Gemüt die Sinfonie und freute sich an seinem Rausch und daran, dass kaum jemand den Betrug bemerkte, vor allem nicht der Dirigent.

Meier, versunken auf dem Küchentisch, musste dank dieser Erinnerung etwas grinsen. Und tatsächlich steigerte sich seine Stimmung nun mit der Sinfonie, die mit dem Beginn des vierten Satzes ihrem stolzen Höhepunkt entgegenschritt.

Erhaben, majestätisch, aber nicht herrisch, nein, vielmehr hanseatisch, vollkommen hanseatisch trat das Hauptthema im vierten Satz aus den komplizierten harmonischen Verquickungen hervor, als könnte es nicht anders. Seine überzeitliche Größe war überwältigend und doch war diese Musik ganz Hamburg, vollkommener klanglicher Ausdruck dieser, Meiers Stadt.

Und das, obwohl der Komponist die Sinfonie in Österreich geschrieben hatte, wohin er vor der Antimusikalität der Hamburger geflohen war, die von ihm und seiner Musik nichts wissen wollten. In Bordellen hatte Brahms zum Paartanz aufgespielt und damit seinen Lebensunterhalt bestritten, aber mehr mochte die Heimat ihm nicht bieten.

Es ist halt Tradition in protestantischen Handelsstädten, dass zuerst kommt und gottgefällig ist, was den Reichtum mehrt. Schließlich begannen die Protestanten als Bilderstürmer ihre auf den Text orientierte Bewegung ad fontes. Sinnenbetörendes Beiwerk störte nur bei der Einübung im Christentum, lenkte ab, war gar Versuchung. Den Kaufleuten war's recht, wenn sie die Finanzierung der öffentlichen Kunst aus ihren Büchern streichen konnten. Und so bekam der beste Musiker, den Hamburg je hervorgebracht hat, erst Hundert Jahre nach seinem Tod ein Denkmal in Hamburg.

In Meier loderte die Wut auf. Wie konnten sie dieses Genie verkennen! Wie konnte diese Musik verkannt werden! Wie konnten sie es wagen, ihren glühendsten Interpreten aus dem Orchester ausschließen zu wollen!

Er richtete sich auf oder besser, die stolze Musik zog an seinen Schulterblättern, sodass diese sich nach hinten bewegten und die ganze Wirbelsäule samt Schultergürtel in eine aufrechte Position brachten. Wirbel für Wirbel setzte sich die Säule, an der der Mensch hängt, wieder zusammen. Mit jedem weiteren Takt dieser therapeutischen Musik kehrte der Wille und die Kraft zurück in diesen Mann, der gerade noch ärmlich kauerte.

Komm hoch, Meier, du hast doch noch nie aufgesteckt! Ja, mach dich gerade! Wie viele hast du schon über die Klinge springen lassen? Wie viele hast du schon abgeschossen mit deinen Giftpfeilen? Du warst nie sehr zimperlich, also, wovor hast du Angst?

Härte kehrte in seine Züge zurück. Schmal und entschlossen ging der Blick durch die Wand und sprengte sie. Mit aller Kraft, die ihm die Musik gab, drückte er die Angst und die Unsicherheit aus dem Blickfeld seiner Wahrnehmung heraus. Es war ein hartes Stück Arbeit, doch als er aufrecht, ja steif, auf dem Stuhl saß, hatte er es geschafft.

Jetzt galt es diesen Zustand zu konservieren, und was könnte die Mauern besser stützen, als das Zauberinstrument, mit dessen Hilfe er die Mauern aufgebaut hatte. Doch war dieser Weg auch riskant, hatte die Geige ihn vor einer Stunde doch noch völlig im Stich gelassen. Es gab aber keine Alternative. Sollte sie ihn wieder enttäuschen, so war das Spiel verloren und die Würfel gefallen.

Er stand auf. Die Oberschenkel spannten. Er blieb einen Augenblick stehen. Dann wandte er sich zum Flur, wobei er eine rudernde Bewegung mit dem Arm machte, als wollte er jemanden beiseite schieben. Eilig schritt er in das vordere Zimmer. Wieder blieb er regungslos stehen. Atemlos nahm er dann die Geige in die Hand. Vorsichtig setzte er sie sich ans Kinn. Er hob den Bogen und hielt wieder inne, als hätte er etwas gehört, ein störendes Geräusch. Aber da war nichts. Ganz langsam senkte er den Bogen auf die Saiten. Je näher das Pferdehaar dem Stahl kam, desto größer wurde die Spannung. Blitze zuckten zwischen den beiden Elektroden des Klangs. Wie bei gleichgepolten Magneten musste Meier den Bogen zur Berührung zwingen.

Und plötzlich klebten sie aneinander, so schnell, dass Meier es gar nicht wahrgenommen hatte. Nun lag er da, der Bogen, und liebkoste seine Saite. Ohne dass Meier eine Bewegung ausführte, strömte aus dieser Berührung Präsenz, Energie, tonloser Wohlklang. Wer wahrnehmen konnte, spürte es. Die Luft vibrierte. Meier war elektrisiert. Kein Laut war mehr zu hören, kein Hintergrundrauschen, kein Vogelgezwitscher, nichts.

Dann, nach einer schier endlosen Fermate, schob Meier die Spitze des Bogens in Richtung Decke. Aufstrich. Gleichzeitig begann der Mittelfinger, mit dem er in der zweiten Lage das C griff, weich und sanft mit dem Vibrato. Ein warmer schöner Ton breitete sich nun in der Stille aus. Er wurde immer voller, immer größer, immer mächtiger. Und Meier wuchs mit ihm. Seine Augen strahlten, als er diesen Ton hörte, seine Brauen hoben sich freudig.

Dann, mit einsetzendem Abstrich, wechselte er mit dem Ringfinger zum D. Auch dieser Ton ein Wohlklang. Und so spielte er die einfachste Tonleiter und freute sich an dem Klang, an der Schönheit des Tons.

Er hörte nun nicht mehr auf zu spielen. Er spielte Etüden über Etüden, auswendig, aus dem Gedächtnis. Er spielte Sinfonien, Konzerte, Messen, Suiten, Opern und Sonaten. Alles, was er je gespielt hatte, schien aus ihm herauszuquellen, wie das Obst aus einem Füllhorn.

Nach drei Stunden setzte er den Bogen endlich ab. Er packte das Instrument in den Koffer und setzte sich glücklich auf das Sofa. Jetzt war er bereit. Jetzt sollte er gemacht werden, der reine Tisch.

Er schaute auf die Uhr. Halb zwei. Zeit aufzubrechen. Er raffte die üblichen Dinge zusammen und war bereit aus der Wohnung zu treten, als sein Blick auf den Frack fiel. Er berührte ihn mit der flachen rechten Hand und lächelte. Ihn würde er tragen, dieses wunderschöne Stück, er würde strahlen in ihm, wie er sich freute auf die nächste Saison! Er war 65 Jahre alt, aber der Bauch kribbelte wie bei einem Jungen vor Aufregung bei dem Gedanken an die neue Saison im neuen Frack.

Leise seufzte er und brach auf.

7

Das Wetter würde sich ändern, dachte er, als er auf die Straße trat. Es war schwül geworden. Im Westen waren dunkle Wolken aufgezogen. Es würde Gewitter geben. Er entschied sich für die U-Bahn als Fortbewegungsmittel.

Als er die Bushaltestelle an der Barmbeker Straße erreichte, kam gerade der Bus, der zur U-Bahn Borgweg fuhr. Er sprang hinein und eine Station weiter wieder heraus. Rasch querte er den Borgweg, der durch einen breiten Grünstreifen in der Mitte längs geteilt wurde, sodass man eigentlich zwei Straßen überquerte. Dann tippelte er geschmeidigen Schrittes die Treppen zum Bahnsteig hinab. Meier war Inhaber einer Abonnementkarte. Um Fahr- oder Bahnsteigkarten musste er sich keine Sorgen machen.

Er ging auf dem Bahnsteig weit nach vorne, weil er am Stephansplatz den in Fahrtrichtung liegenden Ausgang zu nehmen gedachte. Sein Blick glitt kurz über die große Plakatwand, auf der das Hamburger Kulturleben angepriesen wurde. Museumsnächte, Lesungen, ein Chorkonzert und viel

Musical. Nichts zu sehen von seinem Orchester, und er begann sich die üblichen Sorgen über die schlechte Öffentlichkeitsarbeit seines Arbeitgebers zu machen. Doch diese Sorge war ein Ritual, das vor langer Zeit, als es seitens der Stadt Hamburg ernsthafte Überlegungen gab, das Landesorchester zu schließen, eingeübt wurde. Das war Schnee von gestern. Niemand wollte das Orchester schließen. Man konnte ja noch der ganzen freien Kleinkunstszene die Mittel streichen.

Der Zug fuhr ein. Leute stiegen aus, Leute stiegen ein. Meier setzte sich steuerbords ans Fenster. „Zurückbleiben bitte", sagte eine Computerstimme durch die Lautsprecher. Die Türen schlossen sich, der Zug fuhr an.

Zwei Stationen weiter, an der Kellinghusenstraße, musste Meier umsteigen. Der Zug, den er nehmen musste, stand am selben Bahnsteig und wartete bereits auf den Anschlusszug. Meier wechselte ohne Eile die Züge. Die Fahrt ging weiter. Die U-Bahn überflog den Isebekkanal und tauchte gleich danach in die Erde ein. Die Lichter gingen an.

Meier sah sein Ebenbild im Fenster. Er kontrollierte, soweit es ging, seine Rasur. Dabei verrenkte er den Kiefer in alle Richtungen und drückte die Zunge von innen gegen die Lippen. Plötzlich erreichte die Komik dieser Bewegungen sein Bewusstsein. Er schloss die Lippen und schaute sich nach Beobachtern um. Doch niemand hatte ihn beachtet. Die Menschen schauten einander nicht an. So war es üblich in U-Bahnzügen.

Meier wandte sich wieder seinem Spiegelbild zu und fletschte nun die Zähne, um ihre Sauberkeit zu überprüfen. Dabei entfernte er mit der Zunge eingebildete Essensreste. Er schluckte. Dann schaute er sich auf die Nase, so als würde es darauf etwas zu entdecken geben außer Falten. Er rümpfte sie und streckte sie wieder. Alles schien in Ordnung zu sein. Mit der Hand fuhr er sich durch das Haar, das grau und kurz nach hinten gekämmt war, wie es seit 45 Jahren seine Art war.

Er machte sich her für das Gespräch und war zufrieden. Jetzt betrachtete er das Ergebnis, sein Gesicht. Er versenkte sich in diesen Anblick, hinter dem die mit Leitungen gespickte Tunnelwand horizontal tanzte. Spontan und ohne ersichtlichen Grund fragte eine Stimme in ihm: „Wer bin ich?"

Nun, das wusste Meier eigentlich ganz genau. Er konnte viele Antworten geben, würde die Frage aber in der Regel als Affront betrachten. Doch jetzt, in diesem Augenblick, war ihm, als gäbe es eine geheime Antwort auf diese Frage, von der er noch nie etwas gehört hatte. Denn das Bild, das er betrachtete, schien ihm plötzlich unecht. Es war nur ein Gefühl, und er wusste auch nicht, was unecht in diesem Zusammenhang bedeutete, doch irgendetwas schien ihm falsch zu sein an diesem Spiegelbild, das er gerade in Form gebracht hatte. Doch er wischte dieses Gefühl beiseite, schnalzte mit der Zunge und wandte seinen Blick in den Fahrgastraum.

Wenn die anderen nicht hinschauen, bemerken sie auch nicht, wenn man sie anschaut, dachte Meier, der an diesen kindlichen Gedanken wirklich glaubte. Und so betrachtete er relativ schamlos die junge Frau, die ihm schräg gegenüber saß, wobei seine Blicke alles andere als lüstern waren. Er studierte den Feind.

Seine verhärtete Abscheu gegenüber Frauen war grotesk und ungerecht. Nie hatte er ihr Geheimnis zu ergründen verstanden. Nie war er einer Frau wirklich nahe. Auch und schon gar nicht seiner Ehefrau, die letzte Frau, die er berührt hatte. Wie lange das schon her war. Vor 35 Jahren hatte sie ihn verlassen, war einfach gegangen. Nie wieder hatte er etwas von ihr gehört. Was wohl aus ihr geworden war?

Die junge Frau gegenüber blickte schon angestrengt zum Fußboden, war unangenehm berührt von Meiers Musterung. Er hatte ihr Gewalt angetan, ja, aber er war doch betrunken, das war doch kein Grund, einfach zu verschwinden. Er hatte sie doch eigentlich sehr gern, hatte sich gern mit ihr geschmückt, sie machte schon was her. Und er hatte sich doch nur genommen, worauf er ein eheliches Recht hatte. Sie hatte kein Recht, einfach zu gehen. Nein, sie hatte die Pflicht zu bleiben. Und das machte ihn bitter, diese Enttäuschung, diese Verletzung seines Rechts. Er hat die richtigen Konsequenzen gezogen und sich voller Verachtung abgewandt von den Frauen.

Und vermisst hat er sie nie, das konnte er nach so langer Zeit beruhigt feststellen. Es war der richtige Entschluss. Und indem er dies dachte, wandte er seinen Blick auch von dieser jungen Frau ab, die daraufhin erleichtert die Anspannung verlor.

Der Stephansplatz war erreicht. Meier stieg aus. Er nahm den Ausgang Richtung Innenstadt. Als er aus dem Untergrund ans Tageslicht kam, hatte ein Wind eingesetzt. Der Himmel war nun vollständig von Wolken bedeckt. Der frische Wind tat nach Tagen der Wärme gut. Er hatte noch etwas Zeit und ging darum den kleinen aber interessanten Umweg über die Dammtorstraße und den Valentinskamp.

Er ging vorbei an der Staatsoper, wo er oft mit seinem Orchester, das, um das Staatsorchester zu entlasten, eine gewisse Anzahl an Vorstellungen hier absolvierte, aufgetreten war. Vor den Fotos, auf denen Szenen der aktuellen Opern und Ballette abgelichtet waren, blieb er stehen, um sie zu betrachten. Eine Gruppe von Tänzern in wilder Verrenkung war da zu sehen. Die gespreizten Arme und Fingen wiesen auf etwas außerhalb des Bildausschnittes. Auf einem anderen Bild flog eine dünne Frau durch die Luft. Sie war dabei soweit vom Boden entfernt, dass man den Eindruck bekam, sie würde fliegen.

Bilder von Opern waren nicht so spannend. Die Sänger, deren Kunst sich auf das Stimmorgan konzentrierte, waren körperlich oft wenig ansprechend. Die volle Stimme brauchte einen vollen Körper, um die operngemäße Fülle zu bekommen. Das Leibesgewicht brauchten die Sänger als eine Art Unwucht, damit der Körper beim Singen auch am Boden blieb und nicht zerriss. Außerdem konnten die wenigsten Sänger gut schauspielern, was in der Oper ja durchaus gewünscht war. Ihre Fotos wirkten mithin gestellt, gestelzt und unnatürlich. Fotos von Opern vermochten einzig durch die üppige Ausstattung der Szene mitzureißen. Bunte und reichliche Kostüme, beeindruckende Bühnenbilder, verzauberndes Licht, das waren die Mittel, mit denen eine Oper ihren rein musikalischen Reiz zum Gesamtkunstwerk erweiterte.

Nur wenige Meter weiter begegnete Meier einer anderen Kunstform. Er passierte die Finanzdeputation, ein Backsteinbau aus den zwanziger Jahren, der mit seinen spärlich gesetzten Verzierungen im östlichen Stil ein schönes Beispiel kunstvoller Architektur der frühen Moderne war. Meier mochte dieses Gebäude sehr gern.

Nur einige Meter weiter am Valentinskamp stand dann ein Beispiel für die Architektur der späteren Moderne, das Unilever-Haus, ein Glashochhaus aus den sechziger Jahren, dessen Grundriss ein Y darstellte. Es war ein interessantes Gebäude, hatte aber nicht den ästhetischen Reiz seines älteren Nachbarn.

Um viertel vor drei erreichte er die Konzerthalle, die wiederum die neobarocke Architektur der wilhelminischen Zeit repräsentierte. Ihre verspielten Verzierungen boten wohl den größten Gehalt an Blickfängen, neigten aber zum Kitsch.

Für Meier war die klassische Moderne das goldene Zeitalter der Kunst. Der Stil des späten 19. und frühen 20. Jahrhunderts stellte für ihn den Höhepunkt der abendländischen Kultur dar. Hier hatte die aufstrebende und aufblühende Kultur Europas ihre volle Reife erreicht und strahlte in voller Kraft heller als alle anderen kulturellen Konzepte der Menschheit. Es war nur natürlich, dass diese kulturelle Hochzeit einher ging mit der politischen Hegemonie der die Kultur tragenden Staaten. Zu schade, dass diese Staaten sich untereinander so wenig leiden konnten und die ganze Welt in zwei verheerende Kriege stürzten. Danach war es mit der Blüte auch vorbei und der politische Absturz würde auch noch kommen, dessen war sich Meier gewiss.

Er schaute auf die Uhr. Zehn vor drei. Noch eine Zigarette. Er nahm eine aus seiner Tasche und zündete sie sich an. Er zog etwas überstürzt an ihr und verschluckte sich. Er musste husten, unterdrückte den Reiz aber schnell und nahm wieder Haltung an. Er war nun doch nervös, versuchte das aber zu kaschieren, indem er die überhebliche Körperhaltung einnahm, die er so gerne zeigte. Die linke Hand in der Hosentasche, das Becken weit vorgeschoben, dabei den Oberkörper zurückgelehnt und mit der Rechten die Zigarette führend. So stand er da vor dem Künstlereingang der Konzerthalle. Ein Hausmeister ging vorüber und grüßte. Meier grüßte kurz und männlich zurück.

Der Intendant und sein Chefdirigent schätzten die französische Küche. Und so gingen sie nach ihrem Gespräch vom Vormittig in ein gegenüber der Konzerthalle gelegenes französisches Restaurant mit dem Namen „Le Provençal". Waltl, der gerne aß und immer für eine Jause zu haben war, verschmähte auch hier keinen Bissen seines Entrecôte. Conzelmann, der ebenso gerne aß, von seiner Frau und den Ärzten aber auf Diät gesetzt war, begnügte sich mit einem Nizza-Salat. Dazu, das mochten die beiden Herren nicht missen, tranken sie eine Flasche fruchtigen Burgunder Weißwein, sodass beide, als sie gegen halb drei die Rechnung verlangten, einer erfrischend heiteren Laune waren.

„Mein lieber Waltl, die Dame da drüben, schauen Sie mal, sieht die nicht aus wie die Kalinkova?"

„Ja, wie die Kalinkova nach der Wahnsinnsarie!"

Beide lachten verstohlen.

„Wieso, Herr Waltl, die muss das doch gar nicht spielen, die ist doch schon verrückt."

„Ja eben, eben, Herr Conzelmann."

Sie lachten weiter. Conzelmann winkte dem Garçon, der daraufhin mit der Rechnung erschien. Sie machten sich auf.

In der Tür, als die Heiterkeit sich gelegt hatte, fiel Conzelmann der arme Meier ein, dessen Termin bei ihm schon längere Zeit feststand, ohne dass eine Entscheidung in so eindeutiger Weise vorgelegen hätte. Nun war sie da und musste vermittelt werden.

„Sagen sie, Herr Waltl, der Herr Meier hat gleich einen Termin bei uns. Wie sagen wir dem Armen denn jetzt, was wir und seine Gruppe beschlossen haben?"

„Wie meinen Sie das? Was soll man da drum herum reden? Gerade heraus ist immer das Beste. Die Tatsachen überzeugen durch sich, das wird auch der Herr Meier merken."

„Sollten wir nicht etwas subtiler vorgehen? Ich meine, man muss den Menschen ja vielleicht nicht allzu sehr vor den Kopf stoßen. Nachher verträgt er das nicht."

„Ah, Sie, Herr Conzelmann, Sie haben keine Lust auf Ärger und Streit. Darum geht es Ihnen. Aber glauben Sie mir, lieber ein Ende mit Schrecken, als Schrecken ohne Ende."

„Na ja, vielleicht haben Sie Recht. Meier ist auch nicht gerade zimperlich. Aber Sie begründen Ihre Meinung selbst, und die Meinung der Ersten Geigen können Sie auch noch vortragen."

„Sie werden sehen, es wird keine Probleme geben. Der Meier weiß doch auch, wie es um ihn steht. So taub kann doch keiner sein, dass er das nicht merkt. Sie werden sehen, das ist alles halb so wild."

Sie standen nun schon an der großen Kreuzung vor der Konzerthalle und erwarteten das Grün für die Fußgänger. Sie gingen dann langsam über die Straße. Beide Männer betrachteten schweigend das schmutzige Grau des Asphalts. Sie erreichten den mondänen Haupteingang, der am Tage eine Konzertkasse beherbergte.

Der Eingang zum Büro des Landesorchesters lag am anderen Ende des Gebäudes auf der entgegengesetzten Seite des Bühneneingangs. So begegneten sie dem wartenden Geiger nicht. Als die beiden das Büro fast erreicht hatten, donnerte es und fast gleichzeitig begann es zu regnen. Meier auf der anderen Seite stand unter einem ausladenden Glasdach, das den Künstlereingang schützte. Waltl und Conzelmann beeilten sich, das Büro zu erreichen, bekamen aber dennoch einige der dicken Tropfen ab, die nun wie überreife Früchte vom Himmel fielen. Meier schnippte seine abgerauchte Zigarette in den Regen. Genug gewartet. Er drehte sich um und betrat das Gebäude, um das Büro des Landsorchesters vom inneren Zugang aus zu betreten.

Plötzlich wurde alles taub. Draußen dröhnte der Regen mit seinem Donner, in der Halle war es unnatürlich leise. Kein Orchester hallte durch die Gänge, keine Musiker, die sich einspielten, nervten mit ihren Übungen. Meier ging durch den langen zentralen Gang, von dem aus alle Bereiche der Halle erreichbar waren.

Ihm war, als endete der Gang nie oder als ob er sich ständig verlängerte. Er hörte nichts, und jetzt wurde der Gang auch noch krumm. Er wölbte sich grotesk. Nein, das war doch nur Einbildung, nur noch wenige Meter, dann rechts um die Ecke. Meier wurde blass. Er strengte sich sehr an, die Ecke zu erreichen. Er griff nach der Tür, die den Gang zum Büro vom Rest der Halle trennte. Hier blieb er stehen.

Er schüttelte seinen Kopf und schaute sich um. Alles war wieder normal. Reiß dich zusammen, sagte er sich, und im selben Augenblick wurde ihm klar, wie normal er solche Halluzinationen fand. Er wunderte sich gar nicht, dass er sie hatte, sondern ärgerte sich vielmehr über ihren störenden Charakter.

Er kannte Halluzinationen. Er kannte sie aus den frühen siebziger Jahren. Damals, kurz bevor er den Alkohol für immer stehen ließ, waren veränderte Wahrnehmungen relativ häufig. Er hatte sich an schiefe Wände und springende Figuren gewöhnt. Er erschrak darüber schon nicht mehr. Doch als er aufhörte zu trinken, verschwanden auch diese Erscheinungen. Erst letzten Sonntag, jetzt fiel es ihm wieder ein, tauchte mit den Lippen im Wasser der Alster eine Halluzination erstmals wieder auf. Und er hatte sich gar nicht gewundert, sondern diese Begegnung als eine normale qualifiziert, wie wenn man einen alten Bekannten trifft.

Jetzt fiel es ihm wieder ein und jetzt wunderte er sich zutiefst. Was war geschehen, dass seine Sinne ihm Phantasien vorgaukelten? Er hatte sich so an die Nüchternheit und an die Sicherheit der nüchternen Betrachtung gewöhnt, dass es ihm jetzt äußerst absurd vorkam, von seinem Geist so verlassen zu werden. Er schaute den langen Gang zurück. Was war an dieser Situation, dass seine Sinne wie im Vollrausch reagierten? Konsterniert stand er da, blass, den Mund halb geöffnet. Er stemmte die Hände in die Hüften und schob das Becken vor. Alles war jetzt normal. Also, los geht's! Er drehte sich um und ging auf die Bürotür des Landesorchesters zu.

Durch die Tür, deren beiden inneren Kassetten aus Glas bestanden, konnte Meier den Intendanten und den Dirigenten ins Büro verschwinden sehen. Ihre Mäntel, an denen Tropfen klebten, hingen im Flur vor der Bürotür. Er wartete einen Augenblick. Lass die beiden sich setzen. Dann klingelte er. Der Summer schnarrte, und Meier öffnete sich selbst. Er ging in das Zimmer, in dem die Sekretärin saß und grüßte.

„Ich habe einen Termin beim Chef", sagte er mit gespielter Ruhe und Freundlichkeit.

„Ja, ich weiß. Ich sag gleich Bescheid, dass Sie da sind."

Die Sekretärin nahm den Hörer in die Hand und drückte einen Knopf auf ihrem Telefon.

„Der Herr Meier ist jetzt da", meldete sie pflichtversessen in den Hörer. Dann lauschte sie.

„Sie können jetzt hineingehen."

Sie deutete mit der Hand auf die verschlossene Tür des Intendanten.

Meier setzte sich unverzüglich in Bewegung. Die Tür war weiß. Sie blendete ihn. Das Weiß des Intendanten war rein und grell. Es schluckte alle Farben in Meiers Gesichtsfeld. Er ging in das Licht. Doch was war hinter diesem Licht? War es das Licht des Erfolgs, des Ruhms? Oder war es das Licht, das alles verbrennt, die Fackel des Todes? Meier atmete tief ein. Ich will spielen. Ich will spielen. Ich will spielen. Immer wieder dachte er diesen Satz, als er die Klinke in die Hand nahm und die Tür öffnete.

Conzelmann stand sogleich auf.

„Herr Meier, treten Sie ein, nehmen Sie Platz."

Er schob ihn in das Zimmer, um gleich darauf durch die offene Tür der Sekretärin den Auftrag zu erteilen, Kaffee für alle zu bringen. Dann schloss er die Tür und setzte sich in den Sessel, der hinter seinem Schreibtisch auf ihn wartete. Luft entwich seiner geröteten Nase, als sich der schwere alte Mann fallen ließ. Waltl saß in einem niedrigen Sessel, der zu einer Sitzgruppe gegenüber dem Schreibtisch gehörte. Meier hatte sich aufgrund fehlender Alternativen auf das die Sitzgruppe komplettierende zweisitzige Sofa gesetzt. Er schlug die Beine über- und knotete die Finger ineinander. Waltl lächelte ihn an.

„Endlich regnet es", sagte Conzelmann und drehte seinen Sessel zum Fenster hin, gegen das schwere Regentropen schlugen.

„Der Regen bringt neues Wachstum. Das alte stirbt ab, das neue wächst nach. So ist der Kreislauf allen Seins. So hat die Natur es eingerichtet. Und das Wasser ist der Katalysator des Vergehens und Werdens."

Conzelmann legte die Fingerkuppen bei seinem kurzen philosophischen Vortrag wissend aneinander. Die Weisheit des Lebens schien aus ihm zu sprechen. Er untermauerte die Autorität seiner Entscheidungen.

„Herr Meier", sagte der Intendant, wobei er den Sessel drehte und den Geiger nun fixierte, „Sie sind vor einiger Zeit mit der Bitte an mich herangetreten, bei der Bestellung der Aushilfen für die nächste Saison berücksichtigt zu werden. Ich hatte Ihnen geantwortet, dass es von meiner Seite keine Hindernisse geben sollte, ich aber noch die Meinung der Gruppe und des Herrn Chefdirigenten abwarten möchte, bevor ich irgendwelche Zusagen mache. Die Gruppe der

Ersten Geigen hat sich inzwischen auf eine eindeutige Position festgelegt, und auch der Herr Chefdirigent hat seine Meinung geäußert.

Es ist also nun meine Pflicht, Ihnen hiermit mitzuteilen, dass weder die Gruppe, noch der Chefdirigent eine weitere Bestellung als Aushilfe befürworten. Ich kann Ihrer Bitte also leider nicht entsprechen. Ich kann Sie leider nicht als Aushilfe in unserem Orchester spielen lassen. Es tut mir sehr leid. Ich weiß, dass es Ihnen ein Wunsch war. Aber die Aussagen der Beteiligten sind eindeutig.

Vielleicht möchte Herr Waltl die fachlichen Aspekte der Entscheidung näher erläutern …"

Er nickte dem Dirigenten zu, die Rede fortzusetzen, denn viele Worte machten es Betroffenen leichter, unangenehme Dinge zu ertragen.

„Ja, lieber Herr Meier", hob der künstlerische Leiter an, „ich habe mich intensiv mit Herrn Stepanowitsch über Ihren Fall beraten. Wir stimmten in der Analyse überein, dass Ihre Leistungen im letzten Jahr doch etwas nachgelassen haben. Insbesondere in der Intonation, in der Klangbildung, aber auch bezüglich der Einordnung in die Gruppe haben sowohl Herr Stepanowitsch als auch ich deutliche Schwächen wahrgenommen.

Nun, ich denke, dass so etwas im Alter eine ganz normale Erscheinung ist. Die körperliche Leistungsfähigkeit lässt nun einmal nach, das ist ganz klar. Niemand will Ihnen also einen Vorwurf machen. Es fügt sich bei Ihnen ja gut, dass Sie gerade jetzt das Rentenalter erreicht haben, und somit gleichsam auf dem Höhepunkt der künstlerischen Entfaltung in den verdienten Ruhestand gehen können, den Sie sich nach so vielen Jahren aufopferungsvollem Arbeitens für die Kunst auch verdient haben.

Sie wissen sicherlich selbst um den langsamen Verlust Ihrer Kräfte und sind von daher einverstanden, wenn wir für die großen Aufgaben, vor denen unser Orchester jetzt steht und die viel Kraft erfordern, junge, engagierte und leistungsfähigere Aushilfen engagieren. Außerdem habe ich gehört, dass, verzeihen Sie, wenn ich Ihnen zu nahe trete, dass es wohl auch einige atmosphärische Differenzen in der Gruppe rund um Ihre Person gibt.

Wir möchten eine homogene Gruppe, die frei von Streit und persönlichen Fehden ist. Und da die Mehrheit der Gruppe in einer Abstimmung sich dagegen ausgesprochen hat, dass Sie weiter als Aushilfe bestellt werden, sehen wir uns als Entscheidungsträger in der Pflicht, dem Votum der Gruppe zu entsprechen. Dafür haben Sie sicherlich Verständnis.

Sehen Sie's positiv. Sie müssen nicht mehr. Sie können tun und lassen, was Sie wollen. Ein völlig neues Leben fängt für Sie jetzt an."

Meier, den man gar nicht zu Wort kommen ließ, versank während dieser Reden immer tiefer im dunkelgrünen Polster seines Zweisitzers.

Er hatte gedacht, hier würden noch Argumente ausgetauscht. Er hatte gedacht, die Entscheidung würde erst hier gemeinsam mit ihm getroffen. Er hatte gedacht, dass er ein guter Geiger war. Er hatte gedacht, dass die Gruppe mehrheitlich hinter ihm steht. Er hatte soviel gedacht, aber nicht, dass er eine einfache und klare Abfuhr erhielte.

„Aber, aber", begann er die Stille nach Waltls letzten Worten zu brechen, seine Stimme wahr sehr leise und belegt, „aber, ich habe mir doch schon einen neuen Frack gekauft."

Conzelmann und Waltl schauten sich mitleidsvoll an. Der Intendant schnaubte.

„Sie machen doch sicherlich noch viele Muggen in den freien Orchestern oder in Kirchen. Den Frack werden Sie schon noch brauchen."

Meier war tief getroffen über die Chancenlosigkeit, mit der ihm ein Ergebnis vorgelegt wurde. Damit hatte er nicht gerechnet. Nicht mit einer solchen Abfuhr. Aber in die Enttäuschung und Verzweiflung mischte sich nun auch wieder die Wut, die ihm schon oft weitergeholfen hatte.

Er schaute auf den Boden und schüttelte den Kopf. Seine Brauen waren tief in die Augen gezogen. Er zog die Mundwinkel nach unten und atmete geräuschvoll durch die Nase.

„Diese Frau Picht, hat die Sie dazu gebracht, mich so abzuservieren?"

„Nein, nein", beruhigte ihn Conzelmann, „Frau Picht hat damit gar nichts zu tun. Mit der habe ich über Sie nie gesprochen."

Doch Meier ging es nicht um die Tatsachen. Die Wut ergriff von ihm Besitz. Er sprang mit hochrotem Kopf auf. Sein Gesicht war zu einer derartigen Fratze entstellt, dass die beiden Herren sichtlich erschraken und in ihren Sesseln zurückwichen.

„42 Jahre habe ich alles gegeben für dieses Orchester, und jetzt eine solche Abfuhr. Kein Wort des Dankes, keine Anerkennung, kein Respekt vor meiner Leistung, das ist alles einfach schäbig, wie Sie sich hier verhalten.

Sie sind eine degenerierte Truppe von Hosenscheißern und Angsthasen, Sie laufen den Frauen hinterher und benehmen sich auch wie Frauen. Sie sind eine weibische Bande von ahnungslosen Besserwissern. Was wissen Sie schon vom Leben. Sie werden winseln, wenn Sie alt sind und jüngere Sie davonjagen.“

„Herr Meier, jetzt reißen Sie sich mal zusammen“, machte Conzelmann die guten Umgangsformen geltend, doch Meier interessierte sich auch nicht mehr für Konventionen.

„Ach, Sie alter Geizkragen, erzählen Sie mir doch nichts! Ihnen geht es doch nur ums Geld. Von Kunst haben Sie doch gar keine Ahnung. Betrogen haben Sie mich um so manche Zulage, die mir zustand, und jetzt betrügen Sie mich um die Früchte meines Lebenswerks. Sie sind eine widerliche Person, eine ganz und gar widerliche Person!“

Meier machte zwei Schritte in Richtung Tür, wobei er sich dem Dirigenten zuwandte.

„Und Sie, Sie Möchte-gern-Dirigent, Sie sind ein kleiner Klugscheißer, der vom Schicksal nie auf die Probe gestellt wurde. Sie haben immer nur alles in den Arsch geschoben bekommen, überfüttert und übersättigt sind Sie, keine Ahnung vom Schicksal haben Sie, und Sie wollen was erzählen über Musik, ha, da kann ja nur akademischer Mist herauskommen. Und so ist es ja auch, gefühllose Musik machen Sie, ach was, keine Musik, aneinander gereihte Noten, das ist es, was Sie fabrizieren, sonst nichts, aber von Musik haben Sie keine Ahnung, weil Sie vom Leben keine Ahnung haben. Sie widern mich an, alle beide! Sie weibische Waschlappenbande, Sie.

Ich muss hier raus, ich kriege keine Luft mehr.“

Meier stürmte zur Tür hinaus und dann gleich durch den anderen Zugang ins Freie. Er rannte davon. Einige fünfzig Meter rannte er, soweit es sein Alter und seine Konstitution zuließen. Dann blieb er an einer Hauswand stehen, an der er sich festhielt.

Er rang nach Luft, riss sich den Kragen auf. Es regnete noch immer. Meier war schon klitschnass. Er wankte weiter, hinunter zum Platz. Er weinte nicht, aber er hatte das Gefühl zu weinen. Der Regen lief ihm die Wangen hinab. Doch Meier spürte nur Hass.

Sie hatten ihn ausgetrickst. Alle. Alle hatten ihn hintergangen und betrogen. Keiner war ehrlich zu ihm. Stepanowitsch, dieser Schmarotzer, dieser Ausländer, er war es also, er hatte ihn hintertrieben. Er und dieser windige Waltl, auch Ausländer, sie waren die Verschwörer, sie haben gegen ihn konspiriert und wahrscheinlich die Frauen willig in ihr Boot bekommen, um so die Mehrheit gegen ihn zu sichern. Ach was, Mehrheit, sie waren alle Schweine, nie wieder wollte er auch nur einen von diesem verfluchten Orchester sehen. Sie hatten ihn alle verraten, alle hatten ihn im Stich gelassen.

Er hasste jeden einzelnen. Rosenheimer, diesen glitschigen Amerikaner, Fetras mit seiner nervtötenden Fröhlichkeit, Ionescu, den transsilvanischen Blutsauger, Klein, den Versager und Säufer. Und erst die Frauen! Frau Schmidt, diese Geiznudel, Frau Alldag, die dumme Bohnenstange, Frau Huber, eine Bayerin in Hamburg, völlig fehl am Platze, Frau Bulgarova, auch so eine doofes Weibsbild, und dann diese Frau Picht, diese frigide Lesbe, diese nörgelnde Querulantin. Sie waren alle Dreck, jawohl, Dreck!

Meier schrie in den Regen. Er schrie sie alle an, die ganze Gruppe, er hasste sie. Nie wieder! Nie wieder wollte er einem von ihnen begegnen. Sie hatten gegen ihn votiert. Gegen ihn! Ja, wussten sie denn überhaupt, gegen wen sie sich da aussprachen? Hatten sie denn überhaupt irgendeine Ahnung, was Meier für dieses Orchester geleistet hat? Wie er sein Leben dem Orchester schenkte, rückhaltlos, mit allem, was er hatte? Wussten sie überhaupt, dass er der frühere Konzertmeister war, der das Orchester erst nach vorne gebracht hatte, seinen Status in Hamburg erkämpft hatte? Wussten diese Leute das? Nein, natürlich nicht, sie waren ja alle ahnungslose Idioten und Ignoranten. Alles Alte musste immer nur weg für diese Schnösel! Sie hatten keinen Respekt, keinen Anstand, keine Moral und kein Rückgrat. Arschkriecher waren das alles!

Meier hatte den Stephansplatz erreicht. Er stieg die Treppen zur U-Bahn hinab. Auf dem Bahnsteig blieb er nicht stehen. Er wanderte die gesamte Länge des Bahnhofs ab, wobei er sich mit einer Hand das Revers der Jacke hielt, um sie zu schließen, und den Blick starr auf den Boden gerichtet hatte. Seine Lippen bewegten sich dauernd, doch aus der Distanz konnte man nicht unterscheiden, ob er sprach oder fror. Als er den gesamten Bahnsteig abgelaufen hatte, kehrte er um und wandelte auf der anderen Seite zurück. In der Mitte der zweiten Hälfte des zweiten Bahnsteigs blieb er endlich stehen und schaute sich um.

Die Existenz außerhalb seines Geistes war eine amorphe graue Masse.

Er hatte mal so etwas gelesen vor langer, langer Zeit, noch in den fünfziger Jahren. Da verwandelte sich für den Helden auch die ganze Welt um ihn herum in eine graue Masse, und Meier überkam jenes Gefühl, das dem schon fast vergessenem Buch den Titel gab: Ekel.

Jetzt verstehe ich den Helden, dachte er, dabei merkte dieser erst durch den Ekel, dass er lebte, für Meier war der Ekel das Ende der Existenz. Dieser Ekel gebar nur noch den Tod. Es war die nackte Verzweiflung, die sich ihr körperliches Ventil in der realen Übelkeit suchte. Der Magen drehte sich um, der Hals schnürte sich zu. Doch noch schwamm Meier in der Wut, er konnte die Tragweite der Ereignisse noch nicht überblicken, und er konnte noch keine Entschlüsse fassen, die jetzt gefordert waren.

Meier sah auf die Schienen der U-Bahn. Sie schwammen. Sie waren irrsinnig verbogen und mit Brei übergossen. Eine Maus rannte auf der Suche nach Nahrung durch das Kiesbett. Meier sah ein gefährliches Untier. Er sah den grotesken Irrsinn der Existenz, doch als der Zug in den Bahnhof einfuhr, dachte er nicht daran zu springen. Noch hatte er das Würgen als Ekel zum Tode nicht erkannt. Der Lärm des Zuges, die schwimmenden Gleise, er wandte sich ab und übergab sich in einen neben einer Bank stehenden Mülleimer.

Die geschmacklos herausgeputzte Karrieremanngattin, die gerade zwei Karten für Lucia di Lammermoor, erster Rang, Balkon, Reihe zwei, erworben hatte, sprang entsetzt auf, warf einen verächtlichen Blick auf Meier und ging eine paar Meter weiter, sicher, dass sie das alles ja zum Glück nichts anging, wie sie ja sonst auch nichts anging, glückliches Leben in Watte, wenn einen nichts angeht. Meier spie auf diese Watte. Er war nicht wattiert. Er war nackt, und um ihn herum war nackte Existenz. Wo war seine Nuss? Wo war der Maskenmann? Er spie.

Sein Gesicht war weiß, als er sich endlich wieder erhob. Seine Augen waren zugekniffen, denn das fahle Untergrundlicht blendete ihn. Sein schmaler Mund war ausgetrocknet und nach unten gezogen. Eine Maske war sein Gesicht, entstellt, verzerrt.

Er richtete sich auf und ging ein paar Schritte. Ein Zug fuhr in den Bahnhof ein. Taub torkelte er dem Pulk, der sich auf die sich öffnende Tür zu bewegte, hinterher. Er betrat als letzter den Fahrgastraum und setzte sich. Er wusste nicht, wohin der Zug fuhr. Ihm gegenüber saß jemand, eine Person, ein Mensch, er konnte nichts über diesen Menschen sagen, er erkannte ihn nicht. Doch als der Zug anfuhr, saß da plötzlich ein Kind. Ein Junge von vielleicht sechs Jahren mit kurzer Hose und akkuratem Seitenscheitel. Und plötzlich erkannte er sich selbst. Und er erkannte die Frau, deren Hand der Junge hielt. Es war seine Mutter in jungen Jahren.

„Mein Junge", sagte sie, „beruhige dich, streng dich nicht an, alles wird gut."

Und der Junge richtete sich auf und sagte: „Nimm dich und dein Gefühl und gestalte die Welt. Die Geige ist ein Fluch. Sie ist dein Tod, sie ist deine Flucht. Renne nicht fort. Tausche die Geige gegen die Liebe."

Meier seufzte und schaute dem Jungen schicksalsergeben ins Gesicht. Es war ein artiger Junge, ein züchtiges, ein deutsches Kind.

Der Zug verließ den Untergrund und fuhr nun auf Eisengerüsten, es war die Hochbahn nach Eppendorf. Sirenen heulten auf, Meier sah aus dem Fenster, Hamburg im Sommer 43. Er wandte sich wieder dem Jungen zu. Er wollte ihm Recht geben und beichten, sein verfehltes Leben beichten, doch der Junge verzog sein Gesicht zu einer angstverzerrten Fratze, dann schrie er so erbärmlich, dass Meier der Ekel und die Wut und der Hass wieder hochkamen.

„Verschwinde, du Wurm", stotterte er und fuchtelte dabei mit den Armen.

Jemand packte seine Hände. Meier sah auf und hörte das Rattern des Zuges. Ein stattlicher Mann mit Schnauzbart hielt seine Handgelenke. Er schaute ernst, aber nicht böse, so als wartete er auf die Rückkehr des Bewusstseins des im Wahn Wandelnden. Meiers Mund stand offen und Speichel rann die Lippen entlang. Sein Blick war hohl und blöd, die Hände erschlafften, der Mann ließ los. Meier sah aus dem Fenster, Kellinghusenstraße, Umsteigen, Regen, Tristesse, Ödnis, Ekel, Verrat.

Die Männer hatten ihn verraten. Die Männer, denen er als solche vertraute. Und nur diesen. Bruckner hatte ihn verraten, alle Musikmänner. Sie gaben das hehre Streben nach künstlerischer Katharsis vor, doch sie waren feige Laffen. Für ein gemachtes Bett, eine bereitete Speise und etwas Sex gaben sie alles her, die ganze Macht des Erhabenen. Nicht einmal eine schwule Kurie vermochte das zu verhindern. Er schaute zwischen seine Beine und spürte seinen kraftlosen Penis. Die Kraft war gebrochen. Das Gemächt war nicht mehr mächtig. Nie mehr würde sein Glied musizieren. Die Geige war passé. Er würde sie nie mehr anfassen können. Er wünschte, ein Messer zu haben. Dann hätte er sich auf der Stelle kastriert. Aber wahrscheinlich war er nicht einmal dafür männlich genug.

Traurig schaute er in den Regen. An der Sierichstraße fuhr die Bahn in Höhe der dritten Etagen der großzügigen Gründerzeithäuser. Überall Menschen hinter den Fenstern, überall Geschichten, Gefühle. Doch nirgends soviel Verrat, wie in seiner klaffenden Wunde.

Sie waren alle glücklich, diese Menschen, sie lachten alle, und sie lachten über ihn. Über sein stillgelegtes Gemächt. Meier schämte sich. Er schämte sich und begann leise zu weinen. Er vergrub sein Gesicht in den Händen und weinte. Es regnete.

Tristesse, Ödnis, Ekel, Verrat.

8

Die Welt dampfte. Der Regen war abgezogen, die frühe Sonne beschien das feuchte Laub und vergnügte Vögel besangen den neuen Tag. Der Hinterhof ruhte. Früher Sommermorgen, stille Einfalt, städtische Geborgenheit, der Schoß der Heimat.

In der offenen Balkontür stand ein trauriger Geiger und suchte seine heimatliche Mitte. Der Ort war leer. Er kannte diese Leere, er hatte sie schon oft gefunden, doch nie beachtet. Denn er konnte sie füllen, er selbst, indem er den Bogen nahm und Töne strich. Dann traf er ihn, den Überwinder der Angst. Er spielte und die Angst war draußen. So war es immer, so sollte es auch immer bleiben. Doch es war vorbei. Er stand vor der Welt und konnte nicht mehr weg. Er fand keinen Weg mehr in die Nuss.

Meier betrachtete mit hängenden Augen das trocknende Laub. Seine verknöcherte Hand umklammerte eine Tasse Kaffee. Sein Gesicht war entspannt, die Wangen schlaff. Der Zorn war verflogen nach einer tauben Nacht. Taub hatte er geschlafen, nachdem er mehrere Schlaftabletten genommen hatte, nur um Ruhe zu haben. Stumpf war er erwacht im Morgengrauen. Ein wattierter Schleier umgab seinen Geist, eine gewisse Art von Milde dominierte sein Gefühl.

Er hasste die Welt, doch für alles, was man hasst, kann man in einem Anflug von Milde auch ein gewisses Mitleid empfinden, wenn nicht sogar Mitgefühl. Ja, er ahnte still, dass die Welt unschuldig war und nicht anders konnte, als so zu sein, wie sie war. Er war erschöpft und konnte gegen dieses Gefühl der Milde nicht rebellieren, wie er es sonst zu tun pflegte, denn unbekannt war ihm diese Milde nicht.

Für gewöhnlich schlug er sie tot, indem er sie lächerlich machte. Heute jedoch hatte er keine Kraft irgendetwas oder irgendjemand totzuschlagen. Er ergab sich der wattierten Milde, mehr noch, er spürte ihr nach, er betrachtete sie und ihr Objekt, die Welt. Er blickte in den Hinterhof und versuchte sich vorzustellen, diesen Anblick schön zu finden. Er versuchte, den Baum Baum und den Vogel Vogel sein zu lassen, ohne ein Urteil zu fällen, einen Schuldspruch wie er es gewohnt war.

Nein, er wollte und konnte jetzt nichts für schuldig erklären, obwohl dies eigentlich immer sein erster Impuls war, sein erster Reflex auf alles, was ihn berührte, du bist verkehrt, du bist schuld. Es kam ihm jetzt so anstrengend vor, alles zu verurteilen. Er besiegte die Angst, indem er ihr Objekt erniedrigte. Das war ständige Arbeit, aber angstfrei war er so nicht. Er schloss sie nur ein, so hatte er es gelernt, so funktionierte er. Jetzt kam ihm eine Ahnung, dass man auch anders reagieren könnte, nämlich die Angst bejahen.

Aber diese Gedanken waberten nur im Untergrund seines Geistes und drangen allenfalls leise zum Bewusstsein durch. Er spürte bloß diese angenehm leichte, überraschende Milde, die ihn in der Betrachtung des friedlichen Morgen verharren ließ.

Das Telefon läutete und holte ihn aus der Versunkenheit. Meier nahm den Anruf erwartungslos an. Es war Kuhn.

„Ich bin raus“, sagte Meier, nachdem Kuhn ihn nach dem Stand der Dinge fragte. Eine lange Pause trat ein, in der beide nur das Rauschen der Leitung hörten. Dann ergriff Kuhn das Wort:

„Das musst du mir genauer erklären. Sollen wir uns nicht treffen?“

„Ach, ich weiß nicht …“

„Um zehn bei Bobby an der Alster. Komm bitte, du musst mir alles erzählen.“

„Na gut, ich werde da sein.“

Meier ließ den Hörer in die Gabel fallen.

Er ahnte schon, was Kuhn ihm wieder erzählen würde. Er wollte es eigentlich nicht hören. Doch auch er hatte Fragen. Fragen über das Gerede hinter seinem Rücken, das ihm so lange wohlweißlich verborgen blieb. Jetzt konnte alles auf den Tisch, jetzt wo alles entschieden war. Kuhn wusste sicherlich bescheid über den Tratsch, und Meier wollte wissen, was da gelaufen war und warum ihn sein Freund nicht involviert hat. Das war eine Kränkung, und er wollte Kuhn zur Rede stellen.

Ein Anflug von Wut stieg in ihm auf und ließ die milde Entspannung aus seinem Gesicht verschwinden. Das wollte er jetzt wissen. Er schaute auf die Uhr. Acht Uhr, noch Zeit. Meier ging in das vordere Zimmer, in dem die Geige lag, die

ihm so lange Zuflucht und Trost war. Er blieb stehen und sah
sie an.

Nie wieder sollte er sie spielen. Er wagte es nicht sie anzu-
fassen. Er streckte die Hand aus, doch er konnte sie nicht
berühren. Nie wieder – unvorstellbar! Er wandte sich ab und
zog sich nachdenklich an. Er fühlte sich nackt und schutzlos,
ausgeliefert einer erschreckenden Welt, in der Hass und Neid
herrschten.

Kuhn saß auf der Terrasse des Cafés an einem Tische direkt am Wasser. Vor ihm breitete sich die Außenalster wie das
eitle Spieglein Hamburgs aus. Er saß zurückgelehnt mit über-
schlagenen Beinen auf dem Korbstuhl und rauchte. Ein
Kännchen Kaffe stand vor ihm auf dem Tisch. Er streckte
sein spitzes Hanseaten-Kinn in die sommerliche Frische. Eine
leichte Brise aus Südwest umsäuselte sein Gesicht.

Armer Meier, dachte er, er benimmt sich so ausgesprochen unhanseatisch. Er hat gar keine Haltung in der Niederlage. Dabei ficht er ein Scheingefecht. Er verliert gar nichts. Er
könnte gewinnen, wenn er es nur wollte, wenn er die rechte
Einstellung hätte.

Dieser Dummkopf! So viele Jahre haben wir zusammen
musiziert, aber verstanden habe ich ihn nie. Ein seltsamer
Mensch. So impulsiv. Das ziemt sich einfach nicht, nicht
immer jedenfalls. Aber das hat er noch nie verstanden. Immer
diese Überreaktionen. Und das noch immer, in seinem Alter.
Das muss doch wirklich nicht sein. Armer Meier, jetzt ist er
wahrscheinlich völlig fertig, weil ihm endlich jemand gesagt
hat, wo der Hase lang läuft.

Energischen Schrittes ging Meier die Fernsicht-Brücke
entlang, an deren westlichem Ende sich das Gartencafe Bobby befand. Schon von oben sah er Kuhn sitzen. Seine Augenbrauen senkten sich über der Nase. Seine Lippen kniffen sich
zusammen. Er stieg die Holztreppe zum Cafe hinab. Seine
Schritte tönten dumpf auf den Dielen des Cafes. Kuhn hörte
ihn, doch sah er sich nicht um. Meier packte einen Stuhl und
riss ihn brutal zurück, um sich zu setzen. Er fixierte Kuhn:

„So, jetzt erzähl mal! Was wurde da hinter meinem Rücken gegen mich intrigiert? Du weißt doch bestimmt Bescheid
über die Schweinereien, oder?“

„Mein Lieber, jeder weiß, dass wir befreundet sind, mir erzählt keiner was. Aber was ist denn eigentlich passiert? Was soll das heißen ‚Ich bin raus‘?“

Meier betrachtete Kuhn und empfand Ekel. Er hasste plötzlich die kühle und herablassende Art dieses Bourgeoise. Was verbindet mich mit diesem Mann, dachte er. Er lehnte sich zurück und ließ seinen Blick über das Gewässer gleiten.

„Raus heißt raus.“ Er schluckte und zog die Mundwinkel noch weiter nach unten. „Conzelmann und Waltl haben mir den Laufpass gegeben. Eiskalt haben sie mich abblitzen lassen. Es gäbe ein Votum der Gruppe, mich nicht mehr einzuladen, haben sie gesagt. Die haben abgestimmt, verstehst du, und die haben gegen mich gestimmt!

Ich kann das nicht glauben, ich finde das so niederträchtig nach allem, was ich für dieses Orchester geleistet habe.

Hans, du hast doch gute Ohren, du weißt doch was. Wer ist dafür verantwortlich, wer steckt dahinter? Die haben mir gesagt, diese Frau hat damit nichts zu tun. Was weißt du darüber?“

Kuhn drückte die Zigarette aus.

„Nun, wie gesagt, ich bin nicht in alles eingeweiht, aber ich glaube, letztendlich war es Stepanowitsch. Ich habe gehört, dass er sich negativ über dein Spiel geäußert haben soll. Er ist ehrgeizig und will die Qualität ständig verbessern. Und unter uns, du bist nicht mehr der Jüngste, und du hast spielerisch schon etwas nachgelassen …“

„Was?“, fiel ihm Meier ins Wort, „fängst du jetzt auch noch an, mich niederzumachen?“

„Nein, nein, versteh mich nicht falsch. Ich habe neulich schon versucht, dir das Leben ohne die Arbeit schmackhaft zu machen. Versuche es dir doch mal vorzustellen. Du hast keine Verpflichtungen und dennoch ist für dich gesorgt. Du kannst reisen, Konzerte besuchen, du kannst machen, was du willst, und niemand zwingt dich zu etwas.“

„Ja, und niemanden interessiert es.“

„So darfst du das nicht sehen. Wir sind eine glückliche Rentnergeneration. Wir haben unser Auskommen, wir müssen auf nichts verzichten. Überleg doch mal, vergiss doch den ganzen Stress, es lohnt sich doch nicht. Lehn dich zurück und genieße das Leben. Du hast doch nichts zu verlieren!“

Kuhn hatte nie verstanden, was die Geige für Meier bedeutete. Für ihn war sie offensichtlich nur ein Arbeitsgerät, das man nach getaner Arbeit weglegte. Kuhn konnte ihn nicht verstehen. Meier wurde gewahr, dass sie zwei gänzlich unterschiedliche Männer waren. Diese Erkenntnis nahm ihm jeden Mut und jede Energie. Er sackte innerlich zusammen.

Er erinnerte sich plötzlich an die Milde des Morgens und spürte einen Impuls, ihr nachzugeben, Kuhn nachzugeben, der Welt nachzugeben und sich zu fügen. Er spürte die schlummernde Lust an der Leere. Er stellte sich vor, dazusitzen in einem Cafe, wie er es jetzt gerade tat, und alles Denken, alle Wahrnehmung auf das Kännchen auf dem Tisch zu richten. Nichts anderes zu denken, als die Befriedigung der Kaffeelust, sich zu versenken in das Eingießen der Milch, den Löffel nehmen und in seiner Ganzheit wahrnehmen, nein, der Löffel sein, sich transformieren in den Gegenstand und seinen Zweck und diesen erfüllen, indem man im Kaffe kreist. Dann die Vermischung des Weißen und des Braunen sein, eine wahrlich buddhistische Versenkung in die Tiefen des Ying und des Yang.

Er versuchte sich vorzustellen, zeitloser Augenblick zu sein, ohne Begehr zu sein, ohne Wollen, ohne Aufgabe, und da blieb seine Vorstellung stecken. Ohne Aufgabe, das ist ohne Sinn, ohne Sinn, das ist vegetieren, das ist der Tod.

Meier kramte eine Zigarette hervor und zündete sie sich an. Er beobachtete Kuhn, der an seinem Kaffee nippte.

„Vielleicht hast du Recht", sagte er.

Kuhn blickte überrascht auf und lächelte.

„Fällt langsam der Groschen, mein Freund? Ist doch gar nicht so schwer, oder?"

Meier war angewidert. Dieser Anpasser und Drückeberger, nichts hatte er je verstanden von der Musik. Kuhn hatte gar keine Leidenschaft. Wo andere eine Seele hatten, hatte er Understatement, einen einstudierten Kanon von festgelegten Verhaltensweisen, die mit Hervorrufung bestimmter Reize automatisch in Gang gesetzt wurden. Warum hatte er das nie bemerkt? Kuhn war ein dressierter Hund, eine programmierte Maschine, ein Nichts.

Aber Meier fühlte sich müde. Er konnte sich nicht auflehnen gegen die Mattigkeit, die ihn befiel. Er hätte Kuhn an-

schreien können für dessen Überheblichkeit und Selbstgefäl-
ligkeit. Aber er blieb stumm. Er stand vor der Vorstellung des
Todes wie das Reh vor dem Wolf. Mit leeren Augen starrte er
ihn an, starr, unfähig einer Bewegung.

Es gab für Meier keinen anderen Lebensinhalt als das
Spielen im Orchester. Nie hatte er sich etwas aus den von
Kuhn gepriesenen Vorteilen des Rentnerlebens gemacht.
Warum sollte er reisen? Warum sollte er durch die Kulturein-
richtungen tingeln? Seine Katharsis konnte er nur in actu
erreichen. Er musste spielen, um sich zu definieren. Ohne das
Spiel war in seiner Mitte ein großes Loch, das nur ein sanfter
Bogenstrich zu füllen vermochte.

Plötzlich nahm er wahr, dass er nicht konnte, wie er wollte. Er hatte keine Wahl. Er konnte aufhören, Alkohol zu
trinken. Er konnte aufhören, mit Frauen zu schlafen. Aber die
Geige war er, sie gehörte zu seiner Existenz. Er war von ihr
abhängig.

In der Schwäche, die ihn gerade befiel, hätte er gerne
nachgegeben. Er verstand die Argumente Kuhns und er
konnte ihnen eine gewisse Überzeugungskraft nicht abspre-
chen. Aber es galt einen Menschen neu zu erfinden, eine Seele
neu zu konstruieren, seine Seele, denn um nicht weniger als
dies ging es, sollte die Geige aus seiner Mitte verschwinden.
Aber sie war ja schon verschwunden. Sein Herz war schon
herausgerissen. Tot saß er Kuhn gegenüber. Alle seine Re-
gungen waren nichts weiter als Nervenzuckungen, wie bei
einem Huhn, das enthauptet noch flatterte und lief.

Er stand auf und sagte:

„Ich muss nachdenken."

Dann ging er, ohne ein weiteres Wort zu sprechen.

Kuhn, der überrascht aufblickte, als Meier ging, schaute
ihm besorgt nach. Er hatte indes keinen Impuls, ihn aufhalten
zu wollen.

„Mach's gut, Alter", sagte er halblaut.

Dann wandte er sich wieder dem Wasser zu und ließ seinen Blick über die Alster schweifen. Wie schön war die Stadt
an dieser Stelle, dachte er, warum müssen sich die Menschen
das Leben immerzu so schwer machen? Es gibt so viel Schönes in der Welt! Alle könnten es genießen, wenn alle sich in
Ruhe ließen und ihr Verhalten den Konventionen anpassen

würden. Wie dumm die Leute sind, wie dumm ist Meier, mein armer Meier.

Meier ging ohne Hast durch den Poelchaukamp in Richtung seiner Wohnung. Sein Blick war auf den Boden gerichtet. Er versuchte nachzudenken, doch er konnte nicht denken. Seine Gefühle flogen durcheinander.

Gestern erst hatte er vom Intendanten eine Abfuhr bekommen. Was bedeutete das? Er würde nie wieder im Orchester spielen. Er konnte sich gar nicht ausmalen, was das bedeutete. Er hatte keine Ahnung, wie ein Leben ohne diesen Inhalt aussehen könnte. Er konnte gar nicht glauben, dass es Wirklichkeit war.

Kuhn hatte ihm zugeredet, sich mit der Situation abzufinden und ein lässiges Rentnerleben zu führen. Die Freiheit, die Ruhe, es waren wertvolle Begriffe die Kuhn ins Feld führte. Doch Meier dachte auch daran, womit er sich die letzten fünfzig Jahre beschäftigt hatte. Mit Musik und nur mit Musik. Da war nichts, worauf er hätte aufbauen können, kein Hobby, dem er sich jetzt gänzlich hätte widmen können, keine andere Leidenschaft als auf der Bühne zu musizieren und den Applaus über das Gesicht streichen zu fühlen, keine andere Begeisterung als komplizierte Notenbündel zu strukturieren und in Klang zu verwandeln.

Er überquerte den Mühlenkamp, immer noch versunken in die Unordnung seiner Seele, als ihm Handwerksmeister Wegener begegnete.

„Guten Morgen, Herr Meier“, riss es Meier aus den Gedanken, „wann haben Sie denn Ihr nächstes Konzert?“

„Herr Wegener, Sie leben Ihr ganzes Leben in Winterhude, ich kenne Sie seit den Vierziger Jahren, und doch, ich weiß nicht, wer Sie sind. Sie sind wie eine Figur in der Kulisse meines Lebens, und ich finde keinen Ausgang aus diesem Theater in die wirkliche Welt.

Sind Sie wirklich Herr Wegener? Sind Sie echt? Oder spielen Sie eine Operette? Sind Sie es, der den Hammer schwingt, haben Sie einen Bezug zu Ihren Handlungen?

Herr Wegener, das sind Fragen, denen man sich stellen muss, bevor man sich im Wahn verliert, im Wahn, den die Erkenntnis bringt, sich selbst nicht zu kennen. Bedenken Sie das, Herr Wegener, bedenken Sie das.“

Dann senkte Meier wieder den Kopf und ging weiter. Wegener blieb konsterniert stehen. Solche Fragen stellten sich ihm nicht, der immer wusste, was er tat und stolz zu seinen Leistungen stand, hatten sie ihm doch Ansehen in der Zunft gebracht und bescheidenen Reichtum.

Seit der Geschichte mit der Frau war Meier ein komischer Kauz, dachte er. Jetzt dreht er völlig durch, der Besserwisser, was muss er auch sein Leben lang den dicken Max machen? Wer sich hoch wähnt, fällt auch tief.

Wegener schaute Meier nach, wie er langsam und mit hängenden Schultern seines Weges ging. Er schüttelte den Kopf, der aufrecht auf der Wirbelsäule saß, und wandte sich schließlich ab, um in seine Werkstatt zurückzukehren, die er nur verlassen hatte, um eine Zeitung zu besorgen.

Meier hatte indessen eine Idee, was ihn außerhalb der Musik zu interessieren schien, jedenfalls schloss er dies aus der Tatsache, dass er es immer wieder gern tat, und das waren seine Besuche in Hagenbecks Tierpark. Dorthin ging er regelmäßig sommers wie winters, um die Tiere zu betrachten. Er hatte sich indes nie irgendwelche Gedanken darüber gemacht, was ihn an der Betrachtung der Kreatur so begeisterte, dass es ihm regelmäßig den nicht geringen Eintrittspreis wert war. Aber konnte dies ein Leben ausfüllen? Vielleicht würde es ihm als ersten Menschen gelingen, einem Affen das Geigespielen beizubringen, aber das war nur eine Spinnerei, über die selbst er leicht grinsen musste. Er beschloss, auf jeden Fall dem Zoo heute einen Besuch abzustatten und auf seine inspirierende Kraft zu hoffen als Hilfe bei der Ordnung seiner durcheinander geratenen Seele.

9

Die nächsten Stunden verbrachte Meier in seiner Wohnung, ohne zu handeln und ohne zu denken. Zwar hatte er sich vorgenommen, in den Zoo zu gehen, doch schaffte er es nicht, die dafür nötige Energie aufzubringen. Er saß eine lange Zeit in dem Sessel, der in seinem Wohnzimmer stand, und starrte dumpf auf die auf dem Tisch liegende Geige. Er hörte die gedämpften Geräusche der Stadt jenseits der Fenster. Sie durchquerten sein Gehirn von einem Ohr zum anderen, ohne eine Spur zu hinterlassen. Es war pure Rezeption ohne den Hauch einer Reflektion des Wahrgenommenen. Sein Zustand glich dem der kontemplativen Idiotie, die Musiker für gewöhnlich direkt vor dem Auftritt auf die Bühne befällt. Das reflektierende Großhirn schien in eine Art Ruhezustand gefallen, die geistige Aktivität auf das Kleinhirn reduziert, welches das vegetative Nervensystem steuerte und die rein körperlichen Funktionen des Organismus ausführte.

Aus den Winkeln seiner Augen rückten die Wände des Zimmers auf ihn zu. Sein Gesichtsfeld verengte sich, der viereckige Raum krümmte sich und wurde zu einer Röhre. Die Gegenstände des Raums lösten sich auf, bis auf denjenigen, auf den sein Blick fixiert war. Die Geige begann zu schimmern in leichten wellenartigen Bewegungen. Sie transformierte sich und mit ihr die Geräusche der Straße, die immer mehr den Charakter von Stimmen und Musik annahmen. Der Corpus der Geige wandelte sich in einen Frauenkörper, der sich räkelte. Sie lachte hämisch und zeigte ihr windendes F-Loch. Der gerundete Raum begann sich zu drehen. Schweißperlen zitterten auf Meiers Stirn, sein Herz pochte. Flüsternde Stimmen breiteten sich in seinem Kopf aus, ohne dass er sie verstehen konnte.

Der Raum weitete sich plötzlich, und eine verschneite Winterlandschaft breitete sich rings um Meier aus. Da lag ein Soldat im Schnee. Er hielt seinen Bauch, aus dem viel Blut floss und den Schnee rot färbte. Er erkannte das schmerzverzerrte Gesicht als das seines Vaters. Dann hörte er wieder die Geige lachen und in seinen Hoden schien sich Flüssigkeit zu sammeln. ,Vater' rief seine Stimme, doch es war seine Stimme im Alter von sieben Jahren. Der Vater verschwand, und ein Echo seines Schreis kam von der Rückwand des Schädels und traf von hinten auf die Augen, wodurch diese unwillkürlich in Tränen ausbrachen. Das Wasser der Tränen verschleierte zusätzlich seinen Blick, der nun nur aufgelöste Formen sah wie auf einem Bild von Dali.

Wieder erschien das windende F-Loch. Es näherte sich und stülpte sich über Meiers Kopf. Plötzlich war es dunkel und still. Dann hob ein leiser Wind an, und mit ihm wurde es hell. Der schwarz Verhüllte stand regungslos vor ihm. Er sagte nichts. Meier streckte die Hand nach ihm aus. Er wollte wissen, wer sich hinter der Maske verbarg. Seitlich am Kopf griff er ein Ende des verhüllenden Tuches und zog an ihm. Die Erscheinung kollabierte zu einem Haufen Stoff. Sie war nichts.

Vor Entsetzten riss Meier die Augen auf und kehrte in die Welt zurück. Er saß in seinem Zimmer und atmete schwer. Sein Gesicht war bleich. Hastig griff er nach den auf dem Tisch liegenden Zigaretten. Er steckte sich eine ganz in den Mund und begann zu kauen, um nach wenigen Sekunden die Tabakkrümel in einer würgenden Bewegung wieder auszuspucken. Er rannte in die Toilette und spülte seinen Mund mit Wasser aus. Dann sah er auf in den Spiegel. Seine Wangen waren eingefallen, seine Farbe war nikotingelb. Der Anblick seines Gesichts erschreckte ihn. Er wusch es lange ab.

‚Ich darf den Boden nicht verlieren‘, dachte er. Er trank aus dem Hahn. ‚Ich muss raus!‘

Es war früher Nachmittag, als Meier das Haus verließ. Sein Ziel war der Zoo.

Was faszinierte ihn an den Tieren im Zoo? War es die impulsive Direktheit der tierischen Handlungen, die ihn bannte, oder war es die Schönheit der Natur? Er konnte es nicht genau sagen. Auf jeden Fall amüsierte er sich über das Gerangel unter den Affen, über die Elefanten, die mit ihren Rüsseln das Futter der Besucher griffen. Vielleicht war es die Berechenbarkeit der Tiere, die er mochte. Sie machten immer dasselbe, man konnte sich darauf verlassen, es gab keine Überraschungen.

Meier nahm die U-Bahn in Richtung Innenstadt. Am Schlump stieg er um in die Linie, die ihn zum Tierpark bringen würde. Das Eingangsportal schmückten zwei riesige Elefantenköpfe aus Bronze, die ihre Rüssel in die Höhe streckten. Die üppigen Verzierungen und geschwungenen Linien der steinernen Sockel, auf denen die Köpfe ruhten, zeigten, dass es sich um eine Arbeit aus der Zeit des Jugendstils handelte. Eine Zeit, die sich noch zu schmücken wusste, die mit den Formen spielte und doch den Weg bereitete für die teils schmuck-, teils formlose Moderne.

Ein frischer Wind blies aus West und trieb Wolkenhaufen wie eine Schafsherde über den blauen Himmel. Es war nicht zu warm und nicht zu kalt. Meier liebte dieses Wetter. Er reckte seine Nase in die Höhe und atmete tief ein. Auch seine Augen waren weit aufgerissen, und diese feuchten grauen Kugeln schienen ebenso wie der Mund die Luft aufzusaugen.

Meier erreichte das Kassenhäuschen. Eine Familie passierte vor ihm die Mautstelle. Vater, Mutter, zwei Kinder. Die Kinder trugen bunte Luftballons, die ein alter Mann vor dem Eingang verkaufte. Sie sprangen umher. Meier verzog die Nase. Es war ein Reflex, der ihn auf Kinder negativ reagieren ließ. Sie störten ihn grundsätzlich, ihre spontanen Bewegungen, ihre Schreie, ihr Lachen, ihr unverschämter Anspruch auf ausnahmslose Duldung, gar Fürsorge, ihr sorgloses Fallen in die Situation und Folgen der Impulse.

Meier sehnte sich wie jeder Mensch nach diesem Urzustand menschlichen Seins und hasste ihn ob seiner Unerreichbarkeit. Er hatte es nicht verstanden, etwas davon mitzunehmen auf den Lebensweg. Er verdrängte lieber, er schluckte, er mauerte ein. Das war seine Entscheidung, wenn er sie auch nicht bewusst getroffen hatte, er sperrte ein, er schloss aus. Alle Menschen tun das in einem gewissen Grad, sonst gäbe es keine Zivilisation, die nichts weiter als Affektregulierung ist. Aber manche schlossen zuviel ein und aus.

Das ist der Preis, den die Menschheit für ihre Zivilisiertheit zahlen muss. Einige Individuen gehen an ihren Gesetzen zugrunde, verstehen sie nicht, übertreiben sie. Sie werden entweder Künstler oder Randfiguren, die man je nach Grad der Gefährlichkeit einsperrt oder nicht. Der Übergang zwischen beiden Gruppen ist natürlich offen, wobei das Verschwinden eines Künstlers in der anonymen Masse der Randfiguren häufiger zu beobachten ist, als der Aufstieg in den Kreis der Künstler. Meier war zu den Künstlern aufgestiegen und darauf war er übertrieben stolz.

Endlich betrat der Geiger den Zoo. Ein breiter Weg bot sich an, ihm zu folgen. Das erste Gehege lag auf der Linken. Eine freie Steinfläche, links und rechts von Felsen umsäumt. Auf der Fläche zog ein Braunbär seine Runden. Er reckte seine feine Nase in die Luft. Mit ihr konnte er wahrscheinlich sämtliche Restaurants in einem Umkreis von zwei Kilometern lokalisieren. Welch Marter, Sisyphos am Apfelbaum. Kein Wunder, dass er unruhig hin und her lief.

Meier grinste. Schau, wie der rumrennt. Er wollte oder
konnte nicht erkennen, was das Tier bewegte. Er hatte nicht
einmal eine falsche Idee über dessen Beweggründe. Im Grunde machte Meier sich lustig über das Tier, er verlachte es, er
amüsierte sich über seine Pein, über seine Gefangenschaft
und, schlimmer: über seine Reaktion auf den Zustand, in dem
es sich befand. Nirgendwo sonst trat Meiers Unfähigkeit zu
Mitgefühl und Anteilnahme so direkt zu Tage wie im Zoo.
Und vielleicht war diese selbstvergessene Rücksichtslosigkeit
seine Art, die Kindheit zurückzuholen. Gegenüber dem Tier
existierten keine Konventionen, die es zu berücksichtigen galt.
Hier konnte er seiner Schadenfreude und seiner Überheblichkeit freien Lauf lassen.

Meier drang in den Tierpark vor. Seine trübe Stimmung,
die Erinnerung an die Schmach, die ihm widerfahren war,
machte eine Pause. Er vergaß sich im Zoo. Er erreichte den
See mit den Flamingos, passierte die Giraffen, das Stachel-
schwein, den Tapir, kam schließlich zum zentralen Felsen, auf
dem eine Gruppe Paviane wohnte. Diese liebte er besonders.
Hier setzte er sich auf eine Bank, um die Affen bei ihrem
lustigen Treiben zu beobachten.

Es war eine große Gruppe Hundsaffen, die in ständiger
Bewegung war. Die jungen Affen tobten umher und maßen
ihre Kräfte. Ihre Mütter waren mit der Suche nach Essen
beschäftigt und bettelten am Rand des Grabens, der das ganze
Gehege umgab, die umherstehenden Besucher an. Die Menschen warfen ihr gekauftes Futter in die künstliche Felsen-
landschaft und freuten sich an dem Gerangel, das um die
Brocken entstand.

Die älteren Männchen stolzierten umher und beobachte-
ten das Treiben der Weibchen und Halbstarken. Wenn ihnen
danach war, griffen sie sich ihren Teil vom Futter und bekamen diesen fraglos. In der Mitte der Szene thronte der Her-
denchef. Ein mächtiger Affe mit einem Kranz grauer Haare
um das Gesicht. Sein Blick war ernst, die Augen tief in der
grauen Maske. Die Verantwortung seiner Aufgabe hatte die
tierische Spontaneität verdrängt. Er saß auf einem leicht er-
höhten Aussichtspunkt und kaute Nüsse, die er sich von
einem Vorrat nahm, welcher vor ihm auf dem Boden lag. Er
gähnte, schob die Lippen hoch und zeigte jedem, der es sehen

sollte, seine gewaltigen Hauer. Dieses Geschenk der Natur war es, das seine machtvolle Position in der Gruppe begründete. Dazu kamen seine breiten Schultern und starken Arme, mit deren Hilfe er Rivalen in Schach hielt.

Diese Rivalen, es waren wohl drei kräftige Männchen, umkreisten gemächlich und lauernd das vom Herdenhaupt markierte Zentrum der Affenwelt. Sie setzten sich nieder, standen wieder auf, ließen sich von Weibchen lausen. Sie pflegten Beziehungen, um die Stabilität der Gruppe zu wahren. Auch das Alphatier ließ sich von zwei Weibchen lausen. Er beobachtete seine Rivalen, die auch seine Verbündeten waren. Er musste sie kontrollieren, war gleichzeitig aber auch auf ihre Unterstützung bei der Bewahrung des Status quo angewiesen. Menschen verhalten sich bei der hierarchischen Organisation ihrer Gesellschaften nicht anders, dachte Meier. Es geht immer nur um Macht.

Meier fiel nun ein Tier auf, das sich abseits des Pulks aufhielt. Sein Blick erschien ihm so traurig und verloren. Es näherte sich anderen Tieren und griff nach einem Happen, wurde aber stets zurückgewiesen. Es musste wohl der Sonderling der Gruppe sein, ein Ausgestoßener, dessen Platz in der Hierarchie der letzte war, dessen Eigenart, welche auch immer es war, ihn in diese Rolle zwang.

Und plötzlich empfand Meier innige Identifikation mit diesem Tier, tiefes Mitleid stieg aus den Fernen seiner Seele empor. Und in der gleichen Sekunde fokussierte dieses Mitleid ein anderes Objekt, nämlich Meier selbst. Und die frische Wunde riss seine Brust entzwei. Die ganze Demütigung, die Meier seit heute morgen wie hinter einer Milchscheibe nur unscharf wahrnahm, quoll nun wie in einer Eruption hervor und ergoss sich in sein Bewusstsein. Ekel würgte von Innen seine Kehle, als die gnadenlose und vermeintlich böse Existenz – nein nicht böse, sie war ohne Moral, sie handelte nach den unvermeidlichen und damit gnadenlosen Gesetzen der Natur – als die nackte Existenz in Form eines verlorenen Affen vor seine Augen trat und gewaltig ihn ermahnte, dass die sinnvorgaukelnde Oberfläche seines Lebens, die dünne Haut, an der ein Ich mit der Welt in Kontakt tritt, nichts ist als eine dünne, transparente Schicht von Träumen und Vorstellungen und in einem kurzen Augenblick zerreißen konnte.

Dann war alles Streben dahin. Alles Hoffen, alles Sehnen, alles, was uns antrieb, und in der zufällig geworfenen glühenden Lava der Existenz verbrannte das Ich zu nichts, was es immer war. Das Ich war eine Illusion, ein Sprachspiel, eine Marotte, an der so viele mit Leidenschaft hingen, süchtig, Materie anzusammeln wie ein schwarzes Loch.

Das Ich war die Ursache des Leids. Das erkannte Meier in diesem Augenblick. Diese Erkenntnis schmetterte ihn nieder, sie riss ihn entzwei. Er war aber nicht bereit, sich aufzugeben, und empfand die Auflösung des Ich nicht als Vereinigung, sondern als Schmerz, als Verlust. Denn er hatte sich schon verloren. In dem Augenblick, wo die Angst aus seinem Leben ausgesperrt wurde – und das Werkzeug dazu war die Geige – hatte Meier sich verloren. Sein dünnes Ich war in der Tat verloren, denn es hatte keine Verbindung zur Unendlichkeit. Seine Gefühle waren stets Masturbation, nie Befreiung. Und so blieb im Augenblick der Anschauung der Existenz von diesem Ich eben nichts, während es doch alles sein könnte, was man gewinnt, wenn man das Ich verliert.

Meier hatte keine Kraft mehr, sich gegen die Macht der ihn nun aufkommenden Erkenntnisse zu wehren. Er konnte, das war ihm intuitiv klar, er konnte sein Leben nicht mehr ändern. Er hatte verloren. In diesem Augenblick gab er auf. Er entschloss sich quasi aufzugeben, ja, es war ein Entschluss, eine Abrechnung, ein Schlussstrich. Der Mantel seiner Existenz war sein Körper. Diesen Mantel wollte er nun ablegen. Er brauchte ihn nicht mehr. Er war lästig geworden.

Wie legt man diesen Mantel ab? Indem man ihm sein Futter entzieht. Es leuchtete ihm klar und deutlich ein, dass dies die einzig mögliche Option war, mit der Situation umzugehen. Keine Nahrung mehr aufnehmen! Das schien ihm die logische Rückzugsbewegung, die nun nötig war, um der Konfrontation mit der Angst zu entgehen. Ja, er war sich sicher, dass, wenn dieser unangenehme Mantel erst einmal abgestorben sein würde, er zufrieden und selbstvergessen in seiner Nuss sitzen könnte und sich nicht mehr kümmern müsste um all die lästigen Dinge des Alltags und um all diese lästigen Menschen, die einen ständig bedrängen und fordern und angreifen und verletzen. Er könnte ganz für sich sein, was er eigentlich schon immer sein wollte, niemand würde ihn mehr ärgern. Ja, es war ein guter Entschluss, keine Nahrung mehr aufzunehmen.

Meier erhob sich von der Bank, auf der er saß. Seine Augen waren weit aufgerissen und fixierten einen imaginären Punkt im Nichts. Er stolperte auf diesen imaginären Punkt zu. Sein Oberkörper war leicht nach vorn geneigt, sein Blick starr. Schweiß stand ihm auf Stirn und Oberlippe. Er stolperte vorbei an einigen Passanten, die sich irritiert umschauten nach diesem Mann in grauem Jackett, der seine Mitmenschen offensichtlich nicht wahrnahm.

Nein, er nahm sie nicht wahr. Er nahm gar nichts mehr wahr außer dieser einen alles übertönenden Erkenntnis, dass die Entfernung des Futters alle Last aufhob. Aus dem Himmel, aus der Luft, aus jedem Blatt, das an den Bäumen hing, aus dem Staub des Weges, von überall her schrie ihn die Erkenntnis an, dass der Ausweg aus dieser Niederlage die Verweigerung jedweder weiterer Nahrungsaufnahme war.

So hatte er es gelernt in den anderen Niederlagen seines Lebens. Immer konnte er mittels Verzicht die Niederlage in einen nachträglichen Triumph umwandeln. Und so würde es auch diesmal sein, das sollten sie alle schon sehen, er würde zurückkehren auf seinen Stammplatz, wenn er nur das Laster kleinbekommt, das Laster des Essens. Schuld war immer das, was von außen an den Körper kam. Die Welt und die Verstrickung mit ihr waren schon immer das Übel, die Reize, die Versuchungen, der Kontakt, das alles lenkte immer nur ab vom Kern.

Der Alkohol damals, ein heimtückischer Gaukler, den er aus seinem Leben entfernte. Und siehe, alles war gut ohne diese Verstrickung. Genauso die Frauen, die fleischliche Versuchung, der Verzicht auf ihren Umgang brachte Ruhe und Ordnung in sein Leben. Ja, man musste die Niederlagen in Siege verwandeln zu wissen. Die Welt wird schon sehen, was passiert, wenn Meier sie ablegt. Sie wird nicht ohne ihn auskommen, nein, sie wird ihn suchen und finden, gereinigt, entwickelt, auf einer höheren Stufe der Freiheit. Ja, er machte sich nun frei, das leuchtete ihm jetzt ein.

10

Meier genoss seine neue Freiheit zwei Tage später in seiner Küche. Mit nach vorne gebeugten, krummen Rücken saß er am Küchentisch und hielt nur mit Mühe seinen Kopf hoch. Seine Augen starrten verkniffen in Richtung Fenster, ohne etwas Bestimmtes anzuschauen. Seine Nasenflügel waren hochgezogen, sodass die behaarte Schwärze der üblicherweise durch sie bedeckten Löcher sichtbar wurde. Die Mundwinkel waren weit nach unten gepresst, und über die steife Unterlippe quoll etwas Speichel, um sich dann auf dem unrasierten Kinn zu verlieren. Seine linke Hand umklammerte ein Glas Leitungswasser, an dem er vor einer halben Stunde zuletzt genippt hatte.

Er wusste nicht, wie lange er schon dort saß. Die Zeit löste sich in seiner Wahrnehmung auf. Er fühlte sich nur sehr schwach, und sein Bauch, der gestern noch schmerzte, war heute ein gefühlloses Loch, von dem aus sich eine faulige Schwärze über die Blutbahnen in den gesamten Körper ausbreitete. Die halbe Nacht hatte er auf der Toilette verbracht, wo er versucht hatte, die letzten versteinerten Reste verdauter Nahrung aus seinem Enddarm herauszupressen. Diese Arbeit hatte ihn sehr viel Schweiß gekostet und Blut, denn er musste den Ausgang mit den Fingern künstlich erweitern. Danach war er für einige Stunden in einen tauben, traumlosen Schlaf gefallen. Gegen Morgen war er wieder erwacht, hatte das Glas Wasser eingefüllt und sich in der Küche niedergelassen.

Es war jetzt wohl Vormittag. Die Sonne schien von Zeit zu Zeit, wenn sich nicht gerade eine Wolke vor sie schob, in den Hinterhof hinab, wo sich ihr Licht in den jungen Blättern der Bäume brach. Und so tanzten immer wieder grelle Flecken durch Meiers Küche und kündeten von der Schönheit des Lichts und der von ihm abhängigen natürlichen Welt. Vogelgesang drang unaufgefordert in den tauben Raum, es war alles, wie es immer war und wie es immer sein wird, genauso einfach und zufällig und unbedeutend, und wer ein Gespür für die Sehnsucht der Seele nach Einheit und Einfachheit hat, der weiß um das bescheidene Glück, das sich einstellt, wenn durch die Formen das Ewige unaufdringlich schimmert. Doch es gibt Einfachheit, die den Geist erweitert, und solche, die ihn beengt. Meiers Reduzierung auf Wasser und Wut war beengend, denn sie fesselte ihn an den Stuhl in seiner Küche, auf dem Meier noch immer saß und aus dem Fenster starrte.

Er hatte geträumt von einem heroischen Sieg über die kleinlichen Mächte der realen Welt, davon, dass die Welt ihn bräuchte, ihn vermisste, ihn suchte und bäte. Er hatte geträumt von der Abschaffung der Angst mittels des Triumphs. Er träumte von rauschendem Applaus, von jubelnden Menschen, von vollkommenen Darbietungen künstlerischer Größe. Und er erträumte sich die glückselige Verschmelzung mit diesen Augenblicken, die Auflösung, nein Übersteigerung des Ich, indem es mit der Individualität des Komponisten verschmilzt. Und in dieser Kernschmelze würde sich vollziehen, wonach jeder Künstler strebt: Katharsis, die große Waschung der Seele. Alles Niedrige, alles Ängstliche, alle Zweifel, alles Leiden würde weggespült in den Orkus der Schwächlinge, und entstehen würde ein neuer Mensch, ein Übermensch, ein Halbgott, der selbstbewusst und skrupellos über der Alltäglichkeit stünde.

Ja, das war sein Ziel, er wollte nicht weg von den Menschen, er war kein Misanthrop, er wollte über ihnen stehen und sie die Ordnung der Welt lehren, wie es die Pflicht der Kaste der Geläuterten, der Kunst-Brahmanen, war. Man musste dem Vieh die Peitsche zeigen, um die Welt zu erhalten.

Außerdem musste Meier dieses Ziel erreichen, um überhaupt etwas von sich zu spüren. Die orphischen Höhlen im Innersten seiner Magmakammer mussten verschüttet werden mit Ruhm. Nie durfte der Vulkan explodieren, nie sein dämonisches Wispern ein Ohr erreichen. Der Ruhm würde die dunklen Mächte einbetonieren in ihren Löchern, heroischer Ruhm, ja, das war seine Bestimmung. Er würde ihn schon bekommen, den Ruhm, er würde ihn erzwingen, dessen war er gewiss, mittels gnadenloser Disziplin. Der Weg des Ruhms war rücksichtslos, das wusste er, und jetzt war er an einen Punkt gelangt, wo es galt, entfesselte Rücksichtslosigkeit gegen sich selbst zu richten. Die Welt zwang ihn in den Hungerstreik.

Siehe Welt, hier ist einer, den du nicht leben lässt! Weil du ihm verwehrst, was seine Bestimmung: Ruhm! Weil du ihm nicht nimmst, was er nicht braucht: Angst! Weil du ihn nicht ehrst, wofür er Ehre verdient: Kunst! Und darum, Welt, versperrt er dir den materiellen Zugang zu seiner Seele, indem er die Stoffe draußen lässt.

Meier hob das Glas. Keine Stoffe, nur ein wenig die Lippen befeuchten. Als er das Glas vorsichtig und geräuschlos auf den Tisch stellte, fiel sein Blick auf den Aschenbecher, in dem einige Kippen lagen. ‚Keine Stoffe‘, dachte er und die Vorstellung, den trockenen Qualm zu inhalieren, bereitete seiner trockenen Kehle Unwohlsein. Sein Blick sank zurück auf den Tisch, auf die Hand mit dem Glas Wasser.

Er schob einen Fuß über den Boden. Er war barfuß. Er überlegte, ob er noch gehen konnte und ob er es ausprobieren sollte. Er stütze seine Hände auf den Tisch und drückte sich hoch. Er konnte stehen. Ein, zwei Minuten blieb er stehen, dann setzte er einen Fuß zur Seite und verlagerte das Gewicht in dessen Richtung, wobei er eine leichte Drehung nach links machte. Er zog das andere Bein nach. Der Stuhl fiel um, doch er hatte den Schritt vollendet. Nun ging er in Richtung Flur. Langsam schlich er den langen Gang entlang. Er passierte das Telefon, blieb stehen und betrachtete eine Weile den Apparat, der so still war wie ein Stein.

Kurz kam ihm in den Sinn, das Gerät zu zerstören, doch fehlte ihm der letzte Wille und damit die Kraft. Er ging weiter und betrat nun das Arbeitszimmer, in dem die Geige offen lag. Spontan fing er an zu weinen. Tränen rollten die Falten herab. Er senkte den Kopf und verbarg mit der Hand seine Augen. Plötzlich hasste er die Geige. Er hörte auf zu weinen, ging auf das Instrument zu. Irgendetwas wollte er mit ihr anstellen, doch er wusste nicht was. Er überlegte, doch es fiel ihm nichts ein. So wandte er sich wieder von ihr ab. Sein Hass wandelte sich in Gleichgültigkeit.

Er ging zurück in den Flur. Auf dem Telefontischchen lag ein Schreiben der Rentenversicherung, das er gestern im Briefkasten gefunden, aber noch nicht geöffnet hatte. Nun öffnete er es. Es war eine Aufforderung, sämtliche Belege über Meiers Berufstätigkeit zuzusenden zwecks Ermittlung des Rentenanspruchs. Er las die Fragen und Anweisungen, ohne sie zu verstehen. Ihr Sinn drang nicht in sein Bewusstsein vor. Den Begriff ‚Rente' hatte er aus seinem Bewusstsein verdrängt.

Lediglich ein Echo der Worte eines Mannes, den er gewohnt war, als seinen Freund zu betrachten, hallte in entfernten Räumen. Ein Echo, das von einem entspannten Lebensabend berichtete, von Reisen und Konzertbesuchen, von Freizeit und Muße. Und er erinnerte sich, dass er diesen Sirenengesängen in einem Augenblick der Schwäche zu folgen bereit war. Eine Vorstellung, die ihm jetzt völlig abwegig erschien, denn jetzt hatte er den Dreh gefunden, die Welt zu besiegen.

Sein Wille konnte Berge versetzen, das wusste er nun, aber nur, wenn man der Muße trotzte. Er warf den Brief fort. Rente war für ihn nicht denkbar. Er disziplinierte sich, und die Welt würde ihn suchen, all jene, die ihm übel mitgespielt hatten, Stepanowitsch, Conzelmann und Waltl, sie würden schon kommen und ihn bitten. Sein Blick fiel auf das stumme Telefon. Es würde noch klingeln, es musste klingeln. Seine Hand ballte sich zu einer Faust und verkrampfte. Er wollte es zwingen zu klingeln. Er biss die Zähne aufeinander, doch der Apparat blieb stumm. Die Kraft verließ ihn und er entspannte seine Muskulatur. Ein leichter Schwindel befiel ihn. Er schlich in die Küche zurück, stellte den Stuhl auf und setzte sich.

Plötzlich hörte er, wie die Wohnungstür geöffnet wurde.

Wer war das? Wer hatte einen Schlüssel für seine Wohnung?

„Hallo?", rief eine Frauenstimme, und jetzt fiel ihm ein, dass Frau Kowalski, die ihm die Wohnung sauber hielt, einen Schlüssel hatte.

„Hallo?", rief Frau Kowalski ein weiteres Mal.

Meier sammelte seine Kräfte und rief, ohne sich umzusehen: „Ist schon gut, Frau Kowalski, gehen Sie! Ich brauche Sie nicht mehr. Kommen Sie nicht wieder."

„Aber Herr Meier?"

„Gehen Sie!", schrie Meier brüsk in einem Akt äußerster Kraftanstrengung.

Einen Augenblick herrschte Stille, dann hörte Meier das Knarren der Dielen, das entstand, wenn sich jemand auf ihnen bewegte. Die Tür fiel ins Schloss.

Das letzte, was Meier jetzt sehen wollte, war eine Frau. Und doch lenkte die kurze Anwesenheit einer weiblichen Aura in seinem inneren Raum, zu dem die Wohnung gehörte, die Gedanken in Richtung auf das andere Geschlecht.

Vor seinem geistigen Auge tauchten Frauengesichter auf. Mutter, Dorothe, Frau Picht, die Hure, die er neulich sah. Die Gesichter begannen sich zu drehen, ein fröhlicher Reigen von Frauengesichtern kreiste in seinem Kopf. Meier bekam Angst, und gleichzeitig schwoll sein Penis an. Dann mischten sich in seine Visionen Bilder von Frauenbrüsten.

Er schloss die Augen, sein Kopf fiel in den Nacken, der Unterkiefer fiel in die andere Richtung, er atmete schwer. Und ein Grollen breitete sich von seinen Sohlen durch den Körper aus, die Haare hoben sich, die Zunge schmeckte Schweiß. Das Echo des Begehrens ließ seine geschlossenen Augen unruhig rollen.

Und das eine Begehren gebar das nächste. Der Druck, der sich nun in der Leistengegend aufbaute, wanderte in den Bauch, wo er auf schwarze Leere traf. Sofort schrie diese Leere nach Füllung. ,Hunger' läutete eine Alarmglocke im Gehirn.

Und dem zweiten Begehren folgte das dritte, denn nun schrie der Geist nach Dämpfung aller Unannehmlichkeiten. Und so forderte er Betäubung, Alkohol. Meier kannte diesen Durst zu gut, auch wenn sein Brennen dreißig Jahre zurück- lag, vergessen war es nie. Jetzt schmatzte Meier und wand sich. Er warf seinen Oberkörper auf den Tisch und wälzte sein Gesicht. Ein leichtes Stöhnen entwich seinem Mund ebenso wie einiger Speichel.

Die Gier war nie besiegt. Nein, sie war nur unterdrückt. In mehreren unendlichen Kraftakten hatte Meier die suchthaften Bedürfnisse, die ihm plötzlich bei der Erfüllung seiner Profes- sion hinderlich schienen, unterdrückt. Das Streben nach Teil- nahme an künstlerischer Katharsis war ihm Quell der un- menschlichen Kraft, die nötig war, um das Bedürfnis nach Sex und die Sucht nach Alkohol zu ignorieren. Genauer ge- sagt war es die Angst vor der Angst, die ihn an die Kunst fesselte, und diese Fesselung war ursprünglicher als die Bin- dungen an Frauen und Alkohol, die zeitlich erst nach dem ersten Setzen der Geige an das Kinn anfingen. So war letztlich die Sucht der Kraftquell, der es ihm ermöglichte, sekundäre Süchte zu beherrschen. Losgelassen hatte er diese Süchte, hatten die Süchte ihn nie. Sie schlummerten in ihm und waren vielleicht der Grund für seine häufige schlechte Laune.

Seine Hand griff das auf dem Tisch stehende Glas Wasser. Er stürzte den letzten Rest des kühlen Nass herunter und riss dabei seine Augen auf. Sein entsetzter Blick ging durch die Küche wie der eines vom Steppenbrand aufgeschreckten Tigers. Seine Pupillen waren Stecknadelköpfe, so grell loderte das Feuer des hellen Tages in seinem Kopf.

Er wusste nicht mehr, wo er war. Verschwommen nahm er eine Küche wahr, die er in einem Traum einst als seine eigene Küche erlebt hatte. Sein Herz schlug aufgewühlt bis an den Hals. Und als er aus dem Fenster sah, stand der Hof in Flammen, Sirenen heulten, das Inferno fiel vom Himmel auf seine Stadt, und angsterstarrt hörte er die Schreie der Opfer. Er starrte durch das Fenster in einen Glutofen, in dem seine Seele einschmolz zu einem amorphen blutig-grauen Klumpen, auf dessen elastischer Oberfläche ein Kindergesicht sich formte wie die Maske eines Wiedergängers, der den Ort und die Zeit seines Fluchs heimsuchte.

Meiers Mund stand weit offen. Er erkannte in diesem Klumpen Blut die Erschaffung des Menschengeschlechts, seine eigene Erschaffung, seine Nacktheit und Schutzlosigkeit, die gebacken wurde im Feuer menschlichen Wahns. Er hörte sich weinen im Keller aus Angst vor den Schatten, die das spärliche Licht von geisterhaft stummen Menschen an kalke Wände warf. Soldaten mit röchelnden Rüsseln rannten die Gänge entlang und schrieen Befehle. Ein Alter mit Gehstock wurde angerempelt und stürzte. Er kam nicht mehr hoch. Die Öffnungen seines Gesichts rissen auf, und ein verzweifelter tonloser Schrei entwich der Fratze wie auf jenem Gemälde, das Meier immer ein Gefühl des Unwohlseins vermittelte. Das Kind begrub sein Gesicht in den Händen und bettelte um sein Leben. Der Arm der Mutter umklammerte es fest. Putz rieselte von der Decke, als das Göttergrollen seinen Höhepunkt erreichte. Dann wurde es still. Minutenlang redete niemand. Gespannte Stille, dann Entwarnung.

Meier spürte Feuchtigkeit an den Beinen. Er hatte sich benässt. Er rieb sich die Augen und schaute aus dem Fenster, auf dem die Lichtflecken spielten. Ein sentimentales Gefühl fiel ihn an, das in dem Gedanken kulminierte: ‚Ich will zurück.'

Es war das unbestimmte Gefühl, alles verfehlt zu haben und ein neues Leben leben zu wollen. Das Gefühl, etwas grundlegend falsch gemacht zu haben, ohne zu wissen was. Und dieses Gefühl war nun der Anlass einer tiefen Resignation. Leere breitete sich in seinem Kopf aus. Sein grauer Blick wurde tonlos. Alles, und besonders er selbst, wurde ihm nun egal.

Wie das Nervenzucken eines enthaupteten Huhns überkam ihn der Impuls, sich zu erheben und zu gehen. Ein rein elektrochemischer Vorgang an den verbrauchten Synapsen seiner durch Dauerreizung überlasteten Nerven. Meier nahm kaum wahr, dass er ging. Sein Geist war nicht mehr wirklich in seinem Körper. Sein Geist war im Krieg, dem gewalttätigen Urereignis seines Lebens. Nie hatte er ihn beenden können. Er war das Karzinom in den Seelen der Kriegskinder und schon deshalb die größte Perversion menschlichen Tuns. Meier gab sich die Schuld am Krieg. Er war in seiner Phantasie die Ursache der Gewalt. Sein Fehlverhalten wurde gesühnt. Das Fehlverhalten, Angst zu haben, die Mutter zu lieben, Zärtlichkeit zu suchen, eben ein Kind zu sein. Es machte ihn unendlich traurig, dass die Welt ihn hasste, und seine Schuld tat ihm unendlich leid.

Jetzt weinte er. In der Mitte der Diele blieb er stehen und weinte. Er wollte um Verzeihung bitten, doch wusste er nicht wen. Seine Hand suchte einen Halt und griff an die Garderobe, an der sein neuer Frack hing. Er sah ihn und sein Geist kehrte zurück in die Welt der Musik und der Verachtung.

Ja, Verachtung spürte er für das, was er liebte. Er liebte dieses edle Kostüm aus einer verflossenen Zeit, das seinen Träger erhob in die geweihten Sphären der Hochkultur, der gesellschaftlichen Akzeptanz. Und gleichzeitig widerte ihn diese Kultur an.

Und in einem Augenblick der geistigen Klarheit fragte er sich, was bei all der Liebe zu seinen Auftritten, zur Musik, zu ihrer Größe und ihrer Fähigkeit, die Seele zu reinigen, den gleichzeitigen Unwillen gegen diese Welt verursachte. Er fragte sich, was er mehr liebte als die Musik. Und aus den verborgenen Kammern der Sublimierung schrie ein Kind.

Schnell schloss er das Schott. Tot lag seine Mutter in ihrem Bett, neben dem er saß, und er hatte sich so sehr daran gewöhnt, ihr Gleichgültigkeit entgegen zu bringen. Seine Hand glitt an dem Frack herab. Er liebte diese Welt, doch er liebte nicht sich. Das ging ihm nun auf. Er war das Problem, er hatte noch zu wenig Disziplin, er war defizitär, er hatte nicht genug gesühnt. Und sein Wille, den eingeschlagenen Weg der Entsagung fortzusetzen, richtete sich auf.

„Ich bezwinge die Welt! Und dann werde ich ihn wieder tragen, tausendmal werde ich ihn tragen, wie ein Herrscher werde ich ihn tragen", murmelte er in die Stille seiner Wohnung. Seine Mine wurde fest und stolz und strahlte die Gewissheit der Manie aus. Er wandte sich ab und betrat das ungenutzte mittlere Zimmer, in dem noch immer das Bett stand, in dem seine Mutter gestorben war. Vor dem Bett blieb er stehen. Seine Fäuste ballten sich, sein Blick wurde böse. Dann drehte sich die Welt, ein Schwindel befiehl ihn und er brach zusammen, fiel vornüber auf das Bett und verlor das Bewusstsein.

Viele Stunden lag er benommen da. Bilder ohne Zusammenhang und aus allen Epochen seines Lebens schwirrten durch die Trance. Dazu Musik und Gerüche, Geräusche und Berührungen. Die ausgehungerten Sinne rekapitulierten ihr Leben, als würden sie wissen, dass es keine weiteren Eindrücke mehr geben wird. Und so drang der Sinneseindruck eines vertrauten Geräusches auch nicht in Meiers Bewusstsein. Es war das Klacken des Türschlosses der Wohnungstür. Meier konnte es nicht mehr zuordnen.

Frau Kowalski betrat erneut die Wohnung. Ihre Neugierde brachte sie zurück. Über die Stunden hatte sie sich gegen die Angst durchgesetzt. Dazu mischte sich Sorge, doch kam dieses Gefühl mehr aus Pflicht, es zu empfinden.

Vorsichtig schlich Frau Kowalski in die Wohnung. In der Mitte des Flurs blieb sie stehen und lauschte. Sie hörte nichts. Sie schlich weiter zur Küche, die sie leer fand. Dann inspizierte sie das Wohnzimmer, wo ihr die offen liegende Geige auffiel. Und aus der Schwärze ihrer unmoralischen Seele drang die Idee in ihr Bewusstsein, das Instrument zu stehlen.

Ihre Wangen erröteten ob der Verwerflichkeit und Unverschämtheit einer solchen Tat. Doch in ihrem brachen Unterleib flatterten die Schmetterlinge vor Abenteuerlust und jener Erregung, die Tabubrüche hervorrufen. Doch noch wusste sie zu wenig über die Situation in dieser unheimlichen Wohnung, um ihre Tat umzusetzen. Sie schlich zur Tür des mittleren Zimmers, welche halb offen stand. Sie reckte ihren Kopf um die Tür herum und sah den bewusstlosen Meier auf dem Bett liegend. Auf Zehenspitzen schlich sie an ihn heran.

„Herr Meier", sagte sie leise und tickte mit dem Zeigefinger gegen seinen Arm. Meier reagierte nicht. Sie wusste nicht, was mit ihm war, doch dass sich hier ein Mensch in Agonie befand, der Hilfe bräuchte, kam ihr nicht in den Sinn, der prall war von der Vorstellung der glücklichen Umsetzung ihres Plans und von dem Gedanken an den materiellen Gewinn, den diese mitbringen würde.

Der alte Musiker schien ihr zu schlafen, oder war er tot? Nein, er atmete.

Die Meiers waren ihr zuwider, schon immer, und noch mehr, seit der Sohn allein war. Diese arroganten Kulturmenschen, die meinten, etwas Besseres zu sein. Jahrzehntelang hatte sie ihre Pflicht in diesem Haushalt erfüllt, für wenig Geld und ohne zu murren. Die Alte hatte sich aufgeführt wie eine große Dame, aber wenigstens hatte sie noch Stil. Der Sohn dagegen nahm sie, die doch alles Lebensnotwendige still und leise im Hintergrund für ihn erledigte, überhaupt nicht wahr. Er schien sie zu ignorieren, und ihre Dienstleistung als Selbstverständlichkeit hinzunehmen. Nie zeigte er auch nur ein kleines Zeichen der Anerkennung, nicht einmal zu Weihnachten gab es ein Präsent. Das hatte sich allerdings die Alte noch abgekniffen, immerhin.

Jetzt war die Gelegenheit da, entschädigt zu werden und sich den gerechten Lohn zu nehmen. Was blieb ihr übrig, wenn von selbst nichts kam. Wie lange hatte Meier sie nicht mehr bezahlt? Drei Monate war er in Rückstand, immer wieder musste sie eine Gelegenheit abwarten, ihn an seine Zahlungsverpflichtung zu erinnern. Und das ging nur in Augenblicken, in denen der Musikus gerade gut gelaunt war.

Nein, sie war sich ihres moralischen Anspruches auf ausreichende Entschädigung gewiss. Drei Monatsgehälter einer

Putzfrau war diese Geige sicherlich wert. In ihrer Naivität
schätzte sie ihren Wert im vierstelligen Bereich, während er in
Wirklichkeit im sechsstelligen lag. Aber sie wollte das Instrument sowieso nicht verkaufen. Sie wollte es nur haben, denn
sie fand es dekorativ. Sie wollte sich etwas mitnehmen, das ihr
gefiel. Der bewusstlose Geiger war ihr egal. Er war eh ein
Exzentriker. Wer weiß, was mit dem los war. Drogenmiss-
brauch würde sie in diesen Kreisen nicht überraschen.

Sie war sicher, dass er sie nicht bemerkt hatte. Sie stahl
sich also aus dem Zimmer und wandte sich der Geige zu. Das
edle Stück aus der Werkstatt des Geigenbaumeisters Guridi
zu Cremona, datiert auf das Jahr 1776, lag in ihrem Bett. Das
indische Tuch, das sich im geschlossenen Kasten um ihren
Körper schlang, war aufgeschlagen. Sie war schön und edel.
Ihre geschwungenen F-Löcher schienen zu weinen, so flüssig
wirkten ihre Schwünge.

Frau Kowalski lächelte. Die Geige weinte, als die alte Frau
das Tuch zuschlug und den Kasten schloss, um ihn sodann
aus der Wohnung zu tragen. Vorsichtshalber verbarg sie das
Diebesgut unter ihrem langen Hausfrauenkittel, bis sie sicher
und unbeobachtet in ihrer Wohnung war.

Frau Kowalski war der siebte Mensch, in dessen Besitz
sich die Geige befand, aber das wusste sie nicht, genauso
wenig wie sie wusste, dass es ihr Klassenlehrer der Grund-
schule war, der einst, zerbrochen am Heldentod des eigenen
Sohnes, die Geige an das Kind Meier weitergab. Für die Geige
begann nun eine Zeit des Wartens – auf die erneute liebevolle
Berührung eines edlen Bogens.

11

Winfried Meier wachte am Abend gegen Acht auf. Er
wusste nicht, ob ihn der Geruch des im Eisen gefangenen
Feuers oder der fette Kurzwellen-Streicherklang, den er sofort
und intuitiv Bruckner zuordnete, geweckt hatte. Wundern
musste er sich über beide Sinneseindrücke, denn sie passten
nicht in sein gewohntes Leben. Gleichwohl waren sie ihm
vertraut aus einer Zeit, die ferner als fernste Fernen war.

Er schaute sich auf der Suche nach weiteren Ungewöhn-
lichkeiten um. Das Zimmer war dunkel, sodass er zunächst

keine weiteren Auffälligkeiten bemerkte. Dann hörte er das Schlurfen von Hausschuhen auf dem Küchenboden.

Er richtete sich erschrocken auf. Wer war das? War Frau Kowalski wider seine Anweisung doch zurückgekehrt? Doch dieses Schlurfen stammte nicht von Frau Kowalski. Frau Kowalski schlurfte nicht. Sie trampelte. Dieses Ziehen des Hausschuhs über den Boden in kurzen leichten Schritten, die auch auf kurzen Distanzen sich schnell in einem Accelerando steigerten, um dann ein kurzes und sehr feines Ritardando folgen zu lassen, dieses Pantoffel-Rubato im Küchenparkett war ihm auf wundersame Weise vertraut.

Der Schrecken wich der Neugier. Er blieb auf der Bettkante sitzen und lauschte. Jetzt hörte er das Klirren von Geschirr und Besteck. Offensichtlich deckte jemand den Tisch. Auch die Musik hatte er nun eindeutig als Bruckners neunte Sinfonie identifiziert. Es war der dritte Satz, in dem sich das gequälte Genie an immer neuen Schmerzorgasmen leidend labte, und mit ihm die Mühseligen und Beladenen, sie trugen das Kreuz dem König der Leidenden. Für einen Augenblick versank Meier in Andacht und erinnerte sich an die Gemeinheit der ignoranten Idioten, die die Welt bevölkerten, und daran, welche Passion er durchlitt. Doch alles hatte seine Zeit, und jetzt galt es herauszufinden, wer in seine Wohnung eingedrungen war.

Er tastete nach der Lampe und fand sie nicht. Er fand eine Lampe, doch nicht die, die auf seinem Nachttisch zu stehen pflegte. Und an der vorhandenen fand er den Schalter zunächst nicht, schließlich aber doch, so schaltete er sie ein. Eine schwarze Gecko-Lampe erhellte nun das Zimmer. Meier wunderte sich, jedoch nur kurz – die Neugier auf den Menschen, den er hörte, war größer.

Er stand auf und stieß mit seiner Nase in eine Duftfahne, die ihn beinahe wieder auf das Bett geworfen hätte. Süß, sauer und deftig roch es nach einer Kutschfahrt durch die Landschaft Stapelholm an einem späten Herbsttag, an dem sich die großen reetgedeckten Höfe an ihre Geestinseln schmiegten wie eine Dogge mit zu langen Beinen an den Stiefel ihres Herrn.

Der Speck stand blöd in der Marsch herum und schrie am Abend in den Nebel. Bohnen und Birnen schenkte der Garten, der sich hinter den breiten, geduckten Häusern verbarg. Die riesigen Dächer versperrten die Sicht auf die Schätze des Landes, Schilde gegen den Sturm waren sie und Prachtschmuck zugleich. Einst, als Erstklässler, liebte Meier diesen landestypischen Eintopf aus Birnen, Bohnen und Speck. Doch bald schon wurde er ihm ein Gräuel. Zu oft servierte ihm seine Mutter aus reiner Sparsamkeit im Winter dieses Arme-Leute-Essen. Er fühlte sich diesem Geschmack überlegen.

Bei dem Gedanken wurden ihm die Knie weich. Alles an der Situation erinnerte an seine Mutter. Ja, jetzt fiel es ihm ein. Der schlurfende Gang, der laute Volksempfänger, die Lampe, der Eintopf, es war wie in seiner Kindheit, alle Sinneseindrücke deuteten auf seine Kindheit hin.

Oder war es eine Kopie der Eindrücke, die er als Kind erlebt hatte? Denn es gab für diese Situation nur zwei rationale Erklärungen: es handelte sich um eine trickreich inszenierte Kopie, die von irgendjemanden zu irgendeinem Zwecke entworfen worden war, oder es handelte sich um einen sehr lebendigen Traum, den er gerade durchschlief.

Doch er war überzeugt wach zu sein. Nie war es ihm passiert, dass er Schlaf mit Wachheit verwechselt hatte oder Rausch mit Realität. Es blieb also nur die Möglichkeit einer inszenierten Täuschung. Aber zu welchem Zweck? Und wer sollte so etwas tun? Waren hier seine Feinde am Wirken, die ihm einen letzten psychologischen Schlag verabreichen wollten? Aber wer kannte die Gerüche und Geräusche seiner elterlichen Wohnung? Er wusste keine Antwort. Und so fasste er Mut, weil er die Wahrnehmungen als Gaukelei durchschaute, und war doch auch verunsichert, weil ihm nicht einfiel, wer dahinter stecken könnte.

Er trat einige Schritte auf die Zimmertür zu, unter der hindurch sich dämmriges Licht schlich. Bruckner im Fortissimo verwandelte sich im Röhrenverstärker zu Brei. Er griff die Bakelit-Türklinke, wagte jedoch zunächst nicht sie herunterzudrücken. Stattdessen presste er sein Ohr an die Tür und lauschte.

Das Haus rauschte durch die kalte Tür. Es schien, als könnte er in jede Wohnung des Hauses horchen. Streitende Stimmen, eine laufende Toilettenspülung, Türschlagen,

Schritte auf der Treppe, das dumpfe Dröhnen, das entsteht, wenn Kohle aus ihrem metallenen Behälter in den Ofen geschüttet wird. All das konnte er am schwingenden Holz der Tür hören. Auch das Radio in seiner Küche hörte er deutlicher und die Geräusche, die die Person, die in seiner Küche gerade den Tisch deckte, machte. Sie verrieten aber nichts über die Identität der Person. Es kam ihm nur alles sehr vertraut vor, warm und vertraut.

Sein Bauch füllte sich mit Wärme. Der Impuls ließ seinen Rücken krumm werden und die Knie einknicken. Langsam sanken sie in Richtung Boden. Das Ohr rieb sich am weißen Lack der Tür, sodass ein quietschendes Geräusch entstand. Die Hand hielt weiter die Klinke, sein Arm schien zu wachsen. Er dachte nun nichts, sondern verlor sich für eine gedehnte Fermate in der Vertrautheit. Dunkelheit, Rauschen, Weihnachten in der Ferne, Hände, Haut, Entleerung, Schlaf. Meier sah die Dielen des Bodens schmelzen.

„Winfried, komm essen!", rief eine Frau in die Taubheit.

„Ja, Mama", schoss die Antwort aus seinem Mund. Gleichzeitig spannte sich sein Rücken und die Wirbelsäule wurde kerzengerade. Seine Augen waren aufgerissen und starrten in die Luft, als sähen sie den schwebenden Staubschiffen nach.

Er richtete sich auf. Seine Bewegungen wirkten mechanisch und steif wie bei einer Marionette. Er schien fremdgesteuert, nicht mehr Herr seines Tuns. Kein Gedanke war mehr abzulesen auf seinen Augen, kein Ich furchte sich durch Gedankenfalten. Seine Haut war ganz glatt und plötzlich verjüngt, um Jahrzehnte verjüngt.

So drückte er die Klinke hinunter und öffnete die Tür, an die er seinen Körper presste. Er presste sich durch den schmalen Spalt, den die Tür freigab. Er wollte die Tür nicht loslassen. Er hielt sie fest und musste doch dem Befehl folgen und in die Küche kommen. Vorsichtig setzte er einen Fuß in den Flur. Vielleicht war es die Konzentration, die seinen Blick wieder in die Augenhöhlen zurückkehren ließ. Die Puppenfäden fielen einer nach dem anderen, je weiter er in den Flur schlich. Meier kehrte zurück auf seine Haut und in seine Falten.

Er spitze die Nase neugierig in Richtung Küche. Seine Füße glitten zögerlich in ihre Richtung, bis er sie sah, erst eine Schulter, dann den ganzen Rücken.

„Winfried, kommst du?", fragte die Frau, diesmal etwas leiser als beim ersten Ruf. Sie spürte wohl schon seine Nähe.

„Es gibt Birnen, Bohnen und Speck, das magst du doch so gern."

Jetzt drehte sie sich um und lächelte ihren Sohn an. Meier sah in das Gesicht seiner Mutter. Es war das Gesicht, das sie hinterlassen hatte, als sie starb. Eine alte Frau von verblichener Schönheit, doch fröhlich und herzlich, so lachte sie ihn an.

„Komm zu mir, lass uns etwas essen und reden über alte Zeiten", forderte sie Meier auf, der angesichts ihrer Erscheinung jedes Spekulieren über die Situation fahren ließ und nicht mehr dachte, nur sah und staunte. Er brachte keinen Ton heraus, sondern folgte schweigend ihrer Einladung und setzte sich an den gedeckten Tisch, ohne den verwunderten Blick von ihr abzulassen.

„Du wunderst dich sicher, mich hier zu sehen."

Sie stellte den großen Topf auf ein Brett in der Mitte des Tisches. Dann nahm sie eine gewaltige Kelle, mit der sie darin herumrührte. Sie nahm den Teller, der vor ihrem Sohn stand und füllte ihn mit einem grünlichen Brei, in dessen Mitte ein dickes Stück Bauchspeck schwamm.

„Nun, ich bin hier, um dich ein Stück zu begleiten. Du hast nämlich eine wichtige Verabredung."

Meier verstand natürlich nicht, wovon sie sprach. Begleiten? Wohin? Verabredung? Mit wem? Doch brachte er kein Wort heraus. Er fügte sich einem Sohne gemäß den Aussagen der Mutter.

Ihr Blick, der, während sie sprach, auf ihren Sohn gerichtet war, wandte sich der tätig werdenden Hand zu. Sie füllte Eintopf in ihren Teller und setzte sich. Dann nahm sie den Löffel, füllte ihn und führte ihn an den Mund. Jetzt betrachtete sie wieder ihren Sohn mit wachen erwartenden Augen.

„Wo gehen wir hin?", fragte Meier nur leise, ohne seine Mutter anzusehen.

Er hatte den Löffel nicht in die Hand genommen. Den gefüllten Teller vor sich beachtete er nicht. Seine Hände lagen verschlungen in seinem Schoß. Die Knie waren zusammengedrückt, während die Fersen sich nach außen drehten. Sein Rücken war krumm, die Schultern gefallen.

Die Fragen, die Meier gerade noch an die Situation hatte, waren verschwunden. Er spürte, dass hier etwas unbegreifliches vorging, das zu verstehen er zu müde war. Er hatte Angst und fühlte sich kindlich machtlos.

„Wir gehen weg von hier", sagte da Frau Meier. „Weißt du, es herrscht Krieg, ein schlimmer furchtbarer Krieg ist das. Die Städte gehen kaputt, alles wird zerstört, nichts bleibt, wie es war. Die Welt ist in Aufruhr. Hier wollen wir nicht bleiben. Ich bringe dich in Sicherheit."

„Ich habe Angst, Mama", flüsterte der Sohn, und seine Konturen begannen zu schmelzen. Hatte er jemals einen Willen, einen Ehrgeiz, eine Position, die es zu verteidigen galt? Meier wusste es nicht mehr, nichts wusste er mehr. Eine große warme Kugel rollte in seinem Bauch den Schlund hinauf und fing alle Gedanken ein.

„Ich weiß, mein Junge."

Ihr Blick wurde feucht und mütterlich. Nun wusste sie, dass sie ihn zurückbekommen würde, den verlorenen Sohn, der ihr so viel Kummer bereitet hatte. Ja, keine Fremde zwischen Mutter und Sohn kann endlos sein. Es gibt zwangsläufig eine Rückkehr, jeder kehrt zurück, nie bricht die Macht der Mutter vollkommen. Immer gibt es eine Situation, in der der Sohn nach ihr ruft. Das ist die Natur des Sohnes.

„Lass uns gehen", forderte Meier nun. Nun wollte er sich nur noch führen lassen. Nun wollte er an die Hand genommen werden und in einen friedlichen Garten geführt werden, willenlos, wissenslos.

„Komm", sagte Frau Meier, stand auf und ging.

Meier folgte ihr schweigend durch den Wohnungsflur, durch das Treppenhaus hinaus auf die Straße. Sie gingen hinunter in Richtung Universität. Es war Nacht, die Sirenen heulten, das Dröhnen von Flugzeugen war zu hören, überall krachten die Explosionen von Bomben. Ein heißer Wind wehte den Grindelberg hinunter. Nur wenige Gestalten, meist in Uniform, rannten dicht an den Häusern entlang. Meier und seine Mutter gingen ruhig in der Mitte der Straße.

Die Mutter sah sich nach ihm um und lächelte: „Gleich sind wir da."

Ein lautes Heulen breitete sich aus, ein greller Blitz fuhr gerade vor ihnen in den Himmel. Die Zeit hielt inne. Mutter Meier nahm die Hand ihres Sohnes und zog ihn in den stehenden Blitz hinein.

Alles war Licht und klang wie Bach.

12

Stepanowitsch schwitzte. Eine Vielzahl kleiner Tropfen wimmelte auf seiner Stirn in der Nähe des Haaransatzes. Er kramte in seiner Tasche nach einem Taschentuch und tupfte sie ab. Gern hätte er eine Zigarette geraucht in diesem Moment, doch natürlich war das Rauchen in einer Arztpraxis verboten. So tänzelte er von einem auf den anderen Fuß, wie er es auch auf der Bühne zu tun pflegte, wenn er das Orchester auf das gemeinsame a eichte.

Der Arzt hatte ihn herbestellt, um ihm die Ergebnisse der Untersuchungen mitzuteilen, die fällig wurden, nachdem Stepanowitsch zwei Tage und zwei Nächte durchgehend gehustet hatte und am zweiten Tag reichlich Blut im Auswurf schwamm.

Er war nervös, denn er wusste, dass er sich nicht wirklich gesund fühlte. Er hatte böse Ahnungen und Befürchtungen. Und dann meldete sich am Vormittag auch noch der Tod per Telefon.

Der Herr Intendant Conzelmann hatte ihm telefonisch mitgeteilt, dass das ehemalige Orchestermitglied Winfried Meier tot in seiner Wohnung aufgefunden wurde. Er wäre wohl an Entkräftung aufgrund mangelnder Ernährung gestorben, berichtete Conzelmann. Außerdem, und das wäre das Mysteriöse an der Geschichte, wäre die Geige, von der jeder wusste, dass sie ein wertvolles Stück war, nicht bei ihm gefunden worden. Über ihren Verbleib könne man nur spekulieren. Doch sollte er, Stepanowitsch, die Augen und Ohren offen halten, falls sie auf dem grauen Markt angeboten würde.

Die Nachricht hatte Stepanowitsch getroffen, nicht weil er den Verstorbenen bedauerte – für Meier kannte er nur Verachtung, und warum sollte der Tod daran etwas ändern –

sondern weil es eine Begegnung mit dem Tod war. Und in Zeiten, in denen man selbst Angst vor dem Tod hatte, bereitete der Hauch des Endes Unwohlsein. Stepanowitsch ahnte verschwommen sein eigenes Ende und wollte natürlich nicht hinsehen und schon gar nicht darauf gestoßen werden durch diesen mittelmäßigen Geiger, der sich der Musik zwar hingeben wollte, was jeder Profi musste, es aber nicht konnte, weil er einen riesigen Berg von persönlichen Problemen mit sich herumschleppte. Gut konnte in der Musik, und wohl auch in jeder anderen Disziplin, nur werden, wer mit sich selbst im Reinen war.

Der Konzertmeister blickte verächtlich auf den Boden des sterilen weißen Flures, in dem er stand. Vor ihm stand ein Freischwingerstuhl im abgetakelten Design der verblichenen Moderne, jener Zeit, als noch alles möglich schien für die Menschheit, und Stepanowitsch teilhaben durfte an dem großen Experiment der Aufhebung der Ungleichheit.

Ein ganzes Jahrhundert hat diesen Traum geträumt, auch er, Stepanowitsch, der nicht aus Opportunismus in der Partei gewesen war, sondern aus Glaube an den Kommunismus, dem er zutraute, das System gegenseitiger Ausbeutung unter den Menschen zu durchbrechen, wenn nur die richtigen Leute die Macht hätten. Doch auch er musste einsehen, dass kein Mensch geeigneter als ein anderer war, Macht zu haben. Und so verfielen viele, gerade unter den Künstlern, dem Zynismus, was lediglich eine spezielle Form der Verachtung ist für die Welt, aber vielmehr für sich selbst.

So wurde Stepanowitsch zum Misanthropen, wie Meier, blickte mit der gleichen Arroganz auf andere herab, und hatte im Grunde doch nur Angst, wie Meier, das willkürliche Opfer zu sein, die Angst, die entstand, wenn das Urvertrauen zerstört war.

Der Russe rümpfte die Nase und setzte sich auf den Stuhl. Eine junge Frau in weißem Kittel erschien und huschte dumpf über die Auslegware. Stepanowitsch fuhr sogleich wieder hoch und hob an, sich zu erkundigen nach dem Stand der Dinge, denn lang wurde ihm die Zeit in der Weiße und Taubheit des Raums. Doch das blasse Wesen war zu schnell in einer Tür entschwunden, ohne diese überhaupt geöffnet zu haben, jedenfalls erschien es dem Geiger so.

So setzte er sich wieder und blieb breitbeinig sitzen, die Ellenbogen auf die Knie gestützt und die Hände gefaltet, dass die Knöchel schmerzten. Die Mundwinkel senkten sich tief und die Flecken im Gesicht, die immer schon nach Scharlach aussahen, wurden noch ein wenig röter.

Wieder verging eine lange Generalpause, erlebtes Nichts, ehe, wie das plötzliche Aufkommen von Wind nach einer langen Flaute, Bewegung in die Zeit kam. Eine Tür öffnete sich und ein älterer würdevoller Herr in der Kleidung der Ärzte trat heraus. Er winkte Stepanowitsch zu und deutete an, er möge eintreten.

Hastig sprang der Musiker auf und trat in das Zimmer. Der Arzt schloss die Tür hinter sich. Er hielt einen Augenblick inne und atmete schwer und vernehmbar durch die Nase aus, bevor er sich auf seinen bequemen Stuhl hinter dem Schreibtisch setzte.

Stepanowitsch wich dem direkten Blickkontakt aus und schaute nur kurz von der Seite zu dem Herrn Professor rüber. Das genügte ihm. Die Stimmung im Raum brauchte keine Worte mehr. Beide, auch Stepanowitsch, wussten um die Situation. Der Geiger war feinfühlig genug, die Schwingung des Todes zu spüren, die Klöße in den Hälsen, die Einengung der Gedanken, die stumme Betroffenheit ob der Unverschämtheit des Todes.

Stepanowitsch hatte die Ergebnisse seiner Untersuchung gerochen in dem Augenblick, in dem er in das Sprechzimmer trat. Dennoch war es die Pflicht des Arztes, zu formulieren.

„Nun, Herr Stepanowitsch, wie soll ich es sagen?“, hob der Mediziner an.

„Sagen Sie mir nur“, unterbrach ihn Stepanowitsch, „sagen Sie mir nur, wie lange noch.“

„Drei, vielleicht vier Monate.“

„Danke“, sagte Stepanowitsch, erhob sich und ging.

Er ging auf die Straße hinaus, ging zu seinem Wagen, fuhr nach Hause. Dort in dem leeren Haus ging er ohne zu zögern in sein Arbeitszimmer, trat hinter seinen Schreibtisch, setze sich und öffnete die unterste Schublade auf der linken Seite. Er griff nach ganz hinten und holte eine stabile in Leder eingeschlagene Schatulle hervor. Er öffnete sie und entnahm ihr eine russische Armeepistole älterer Bauart.

„Meier, du Arschloch“, sagte er halblaut auf Russisch, setzte sich die Pistole an den Kopf und schoss.